文通天下

突 破 认 知 的 边 界

目录

辑三 格言别录

辑四 佩玉编 明薛文清公《读书录》选

辑五 佩玉编 清三韩梁瀛侯《日省录》选

辑六 修省节录

附录

辑一

绚烂之极，归于平淡

初到世间的慨叹

在清朝光绪年间，天津河东有一个地藏庵，庵前有一户人家。这是一座四进四出的进士宅邸，它的主人是一位官商，名字叫李世珍。曾是同治年间的进士，官任吏部主事，也因乎此使李家在当地的声名更加显赫了。但是，他为官不久，便辞官返乡了，开始经商。他在晚年的时候，虔诚拜佛，为人宽厚，乐善好施，被人称为"李善人"。而这就是我的父亲。

我是光绪六年（1880年），在这个平和良善的家庭中出生的。生我时，我的母亲只有20岁，而我父亲已近68岁了。这是因为我是父亲的小妾生的，也正是如此，虽然父亲很疼爱我，但是在那时的官宦人家，妾的地位很卑微，我作为庶子，身份也就无法与我的同父异母的哥哥相比。从小就感受到这种不公平待遇给我带来的压抑感，然而只能是忍受着，也许这就为我今后出家埋下了伏笔。

在我5岁那年，父亲因病去世了。没有了父亲的庇护和依靠，我与母亲的处境很是困难，看着母亲一天到晚低眉顺眼、谨小慎微地度日，我的内心感到很难受，也使我产生了自卑的倾向。我养成了沉默寡言的内向性格，终日里与书做伴，与画为伍。只有在书画的世界里，我才能找到快乐和自由！

听我母亲后来跟我讲：在我降生的时候，有一只喜鹊叼着一根橄榄枝放在了产房的窗上，所有人都认为这是佛赐祥瑞。而我后来也一直将这根橄榄枝带在身边，并时常对着它祈祷。由于我的父亲对佛教的诚信，使我在很小的时候，就有机会接触到佛教经典，受到佛法的熏陶。我小时候刚开始识字，就跟着我的大娘，也就是我父亲的妻子，学习念诵《大悲咒》和《往生咒》。而我的嫂子也经常教我背诵《心经》和《金刚经》等。虽然那时我根本就不明白这些佛经的含义，也无从知晓它们的教理，但是我很喜欢念经时那种空灵的感受。也只有在这时我能感受到平等和安详！而我想这也许成为我今后出家的引路标。

我小时候，大约是六七岁的样子，就跟着我的哥哥文熙开始读书识字，并学习各种待人接物的礼仪，那时我哥哥已经20岁了。由于我们家是书香门第，又是当地数一数二的官商世家，所以一直就沿袭着严格的教育理念。因此，我哥哥对我方方面面的功课都督教得异常严格，稍有错误必加以严惩。我自小就在这样严厉的环境中长大，这使我从小就没有了小孩子应有的天真活泼，也疑我的天性也遭到了压抑而导致有些扭曲。但是有一点不得不承认，那就是这种严格施教，对于我后来所养成的严谨认真的学习习惯和生活作风是起了决定作用的，而我后来的一切成就几乎都是得益于此，也由此我真心地感激我的哥哥。

当我长到八九岁时，就拜在常云政先生门下，成为他的入室弟子，开始攻读各种经史子集，并开始学习书法、金石等技艺。在我13岁那年，天津的名士赵幼梅先生和唐静岩先生开始教我填词和书法，使我在诗词书画方面得到了很大的提高，功力也较以前深厚了。为了考取功名，我对八股文下了很大的功夫，也因此得以在天津县学加以训练。在我16岁的时候，我有了自己的思想，过去所受的压抑而造成的"反叛"倾向也开始抬头了。我开始对过去刻苦学习是为了报国济世的思想不那么热衷了，却对文艺产生了浓厚的兴趣，尤其是戏曲，也因此成了一个不折不扣的票友。在此期间，我结识过一个叫杨翠喜的艺人，我经常去听她唱戏，并送她回家，只可惜后来她被官家包养，后来又嫁给一个商人做了妾。

由此后我也有些惆怅，而那时我哥哥已经是天津一位有名的中医大师了，但是有一点我很不喜欢，就是他为人比较势利，攀权倚贵，嫌贫爱富。我曾经把我的看法向他说起，他不接受，并指责我有辱祖训，不务正业。无法，我只有与其背道而驰了，从行动上表示我的不满，对贫贱低微的人我礼敬有加，对富贵高傲的人我不理不睬；对小动物我关怀备至，对人我却不冷不热。在别人眼里我成为了一个怪人，不可理喻，不过对此我倒是无所谓的。这可能是我日后看破红尘出家为僧的决定因素！

遇见精神的出生地 节选

　　我一生中的大部分岁月都是在南方度过的，这其中，杭州是我人生道路发生重大转变的地方。作为一名高校的艺术教师，我在浙一师的六年执教生涯中业绩斐然；作为一个诸艺略通的人，那段时期也该算我艺术创作的一个鼎盛期吧。然而更重要的是，在杭州，我找到了自己精神上的归宿，最终步入了佛门。

　　1912年3月，我接受浙江两级师范学堂（次年更名为浙江第一师范学校）教务长经亨颐的邀请，来该校任教。我之所以决定辞去此前在上海《太平洋报》极为出色的主编工作，除了经亨颐的热情邀请之外，西湖的美景也是一个重要的原因。经亨颐就曾说："我本性淡泊，辞去他处厚聘，乐居于杭，一半勾留是西湖。"

我那时已人到中年，而且渐渐厌倦了浮华声色，内心渴望一份安宁和平静，生活方式也渐渐变得内敛起来。我早在《太平洋报》任职期间，平日里便喜欢离群索居，几乎是足不出户。而在这之前，无论是在我的出生和成长之地天津，还是在我"二十文章惊海内"的上海，抑或是在我渡洋留学以专攻艺术的日本东京，我一直都生活在风华旋裏的氛围之中，随着这种心境的转变，到杭州来工作和生活，便成了一个再合适不过的选择。

1918年8月19日，农历七月十三，相传是大势至菩萨的圣诞，我便于这一天在虎跑寺正式剃发出家了，法名演音，号弘一。

到了9月下旬，我移至锡灵隐受戒。正是在受戒期间，我辗转披读了马一孚送我的两本佛门律学典籍，分别是明清之际的二位高僧蕅益智旭与见月宝华所著的《灵峰毗尼事义集要》和《宝华传戒正范》，不禁悲欣交集，发愿要让其时弛废已久的佛门律学重光于世。可以说，我后来的一切事务就是从事对佛教律学的研究，如果说因此取得了一点成绩，也正是由此开始起步的。

我在西湖出家的经过

杭州这个地方，实堪称为佛地；因为那边寺庙之多，约有两千余所，可想见杭州佛法之盛了。

最近越风社要出关于"西湖"的增刊，由黄居士来函要我作一篇《西湖与佛教之因缘》，我觉得这个题目的范围太广泛了，而且又无参考书在手，于短期间内是不能作成的。

所以现在就将我从前在西湖居住时，把那些值得追味的几件零碎的事情来说一说，也算是纪念我出家的经过。

杭州之缘

我第一次到杭州，是光绪二十八年（1902）七月。

在杭州住了约莫一个月光景，但是并没有到寺院里去过。只记得有一次到涌金门外去吃过一回茶而已，而同时也就把西湖的风景，稍微看了一下子。

第二次到杭州时，那是民国元年（1912）的七月里，这回到杭州倒住得很久，一直住了近十年，可以说是很久的了。

我的住处在钱塘门内，离西湖很近，只两里路光景。

在钱塘门外，靠西湖边，有一所小茶馆，名景春园，我常常一个人出门，独自到景春园的楼上去吃茶。当民国初年的时候，西湖那边的情形，完全与现在两样；那时候还有城墙及很多柳树，都是很好看的。除了春秋两季的香会之外，西湖边的人总是很少，而钱塘门外，更是冷静了。

在景春园的楼下，有许多的茶客，都是那些摇船抬轿的劳动者居多。而在楼上吃茶的就只有我一个人了，所以我常常一个人在上面吃茶，同时还凭栏看看西湖的风景。

在茶馆的附近，就是那有名的大寺院——昭庆寺了。

我吃茶之后，也常常顺便地到那里去看一看。

当民国二年（1913）夏天的时候，我曾在西湖的广化寺里面住了好几天，但是住的地方，却不是在出家人的范围之内，那是在该寺的旁边，有一所叫作痘神祠的楼上。

痘神祠是广化寺专门为着要给那些在家的客人住的，当时我住在里面的时候，有时也曾到出家人所住的地方去看看，心里却觉得很有意思呢！

记得那时我亦常常坐船到湖心亭去吃茶。

曾有一次，学校里有一位名人来演讲，那时，我和夏丏尊居士两人，却出门躲避，而到湖心亭上去吃茶呢！当时夏丏尊对我说："像我们这种人，出家做和尚倒是很好的！"那时候我听到这句话，就觉得很有意思，这可以说是我后来出家的一个远因了。

虎跑寺断食

到了民国五年（1916）的夏天，我因为看到日本杂志中，有说及关于断食方法的，谓断食可以治疗各种疾病。当时我就起了一种好奇心，想来断食一下，因为我那个时候，患有神经衰弱症，若实行断食后，或者可以痊愈亦未可知。要行断食时，须于寒冷的季候方宜，所以我便预定十一月来作断食的时间。

至于断食的地点呢？总须先想一想，考虑一下，似觉总要有个很幽静的地方才好。当时我就和西泠印社的叶品三君来商量，结果他说在西湖附近的地方，有一所虎跑寺，可作为断食的地点。

那么我就问他："既要到虎跑寺去，总要有人来介绍才对，究竟要请谁呢？"他说："有一位丁辅之，是虎跑寺的大护法，可以请他去说一说。"于是他便写信请丁辅之代为介绍了。

因为从前那个时候的虎跑，不是像现在这样热闹的；而是游客很少，且十分冷静的地方啊！若用来作为我断食的地点，可以说是最相宜的了。

到了十一月的时候，我还不曾亲自到过，于是我便托人到虎跑寺那边去走一趟，看看在哪一间房里住好。看的人回来后，他说在方丈楼下的地方，倒很幽静，因为那边的房子很多，且平常的时候都是关起来，游客是不能走进去的，而在方丈楼上则只有一位出家人住着而已，此外并没有什么人居住。

等到十一月底，我到了虎跑寺，就住在方丈楼下的那间屋子里了。我住进去以后，常看到一位出家人在我的窗前经过（即是住在楼上的那一位）。我看到他却十分欢喜呢！因此就时常和他来谈话，同时他也拿佛经来给我看。

我以前虽然从五岁时，即时常和出家人见面，时常看见出家人到我的家里念经及拜忏。而于十二三岁时，也曾学了放焰口，可是并没有和有道德的出家人住在一起，同时也不知道寺院中的内容是怎样，以及出家人的生活又是如何。

这回到虎跑寺去住，看到他们那种生活，却很欢喜而且羡慕起来了！

我虽然在那边只住了半个多月，但心里头却十分愉快，而且对于他们所吃的菜蔬，更是欢喜吃，及回到了学校，以后我就请用人依照他们那种样的菜煮来吃。

这一次，我到虎跑寺去断食，可以说是我出家的近因了。

出家受戒

到了民国六年（1917）的下半年，我就发心吃素了。

在冬天的时候，即请了许多的经，如《普贤行愿品》《楞严经》及《大乘起信论》等很多的佛经，而于自己的房里，也供起佛像来，如地藏菩萨、观世音菩萨的像，于是亦天天烧香了。

到了这一年放年假的时候，我并没有回家去，而到虎跑寺里面去过年。我仍旧住在方丈楼下，那个时候，则更感觉得有兴味了。于是就发心出家，同时就想拜那位住在方丈楼上的出家人做师父。

他的名字是弘详师，可是他不肯我去拜他，而介绍我拜他的师父。他的师父是在松木场护国寺里面居住的，于是他就请他的师父回到虎跑寺来，而我也就于民国七年（1918）正月十五日受三皈依了。

我打算于此年的暑假来入山，预先在寺里面住了一年后，再实行出家的。当这个时候，我就做了一件海青及学习两堂功课。

二月初五日那天，是我的母亲的忌日，于是我就先于两天前到虎跑去，诵了三天的《地藏经》，为我的母亲回向。

到了五月底的时候，我就提前先考试，考试之后，即到虎跑寺入山了。到了寺中一日以后，即穿出家人的衣裳，而预备转年再剃度的。

及至七月初的时候，夏丏尊居士来，他看到我穿出家人的衣裳但还未出家，他就对我说："既住在寺里面，并且穿了出家人的衣裳，而不出家，那是没有什么意思的，所以还是赶紧剃度好。"

我本来是想转年再出家的，但是承他的劝，于是就赶紧出家了。七月十三日那一天，相传是大势至菩萨的圣诞，所以就在那天落发。

落发以后，仍须受戒的。于是由林同庄君的介绍，而到灵隐寺去受戒了。

灵隐寺是杭州规模最大的寺院，我一向是很欢喜的，我出家了以后曾到各处的大寺院看过，但是总没有像灵隐寺那么好！

八月底，我就到灵隐寺去，寺中的方丈和尚很客气，叫我住在客堂后面芸香阁的楼上。当时是由慧明法师做大师父的。有一天我在客堂里遇到这位法师了。他看到我时，就说："既是来受戒的，为什么不进戒堂呢？虽然你在家的时候是读书人，但是读书人就能这样地随便吗？就是在家时是一个皇帝，我也是一样看待的。"那时方丈和尚仍是要我住在客堂楼上，而于戒堂里面有了紧要的佛事时，方命我去参加一两回的。

那时候，我虽然不能和慧明法师时常见面，但是看到他那样的忠厚笃实，却是令我佩服不已的。

受戒以后，我就住在虎跑寺内。到了十二月底，即搬到玉泉寺去住，此后即常常到别处去，没有久住在西湖了。

慧明法师

　　曾记得在民国十二年（1923）夏天的时候，我曾到杭州去过一回。那时正是慧明法师在灵隐寺讲《楞严经》的时候。

　　开讲的那一天，我去听他说法，因为好几年没有看到他，觉得他已苍老了不少，头发且已斑白，牙齿也大半脱落。我当时大为感动，于拜他的时候，不由泪落不止！

　　听说以后没有经过几年工夫，慧明法师就圆寂了。

　　关于慧明法师一生的事迹，出家人中晓得的很多，现在我且举几样事情，来说一说。

　　慧明法师是福建的汀州人。他穿的衣服却不考究，看起来很不像法师的样子，但他待人是很平等的。无论你是大好佬或是苦恼子，他都是一样地看待。

　　所以凡是出家在家的上中下各色各样的人物，对于慧明法师是没有一个不佩服的。

　　他老人家一生所做的事情固然很多，但是最奇特的，就是能教化"马溜子"（"马溜子"是出家流氓的称呼）了。

　　寺院里是不准这班"马溜子"居住的。他们总是住在凉亭里的时候为多，听到各处的寺院有人打斋的时候，他们就会集

是亦眾生　與我體同
應起悲心　憫彼昏蒙
普勸世人　放生戒殺
不食其肉　乃謂愛物

是亦众生，与我体同。
应起悲心，怜彼昏蒙。
普劝世人，放生戒杀。
不食其肉，乃谓爱物。

众

生

众生

了赶斋（吃白饭）去。

在杭州这一带地方，"马溜子"是特别来得多。一般人总不把他们当人看待，而他们亦自暴自弃，无所不为的。

但是慧明法师却能够教化"马溜子"呢！

那些"马溜子"常到灵隐寺去看慧明法师，而他老人家却待他们很客气，并且布施他们种种好饮食，好衣服等。他们要什么就给什么，而慧明法师也有时对他们说几句佛法，以资感化。

慧明法师的腿是有毛病的。出来入去的时候，总是坐轿子居多。

有一次他从外面坐轿回灵隐时，下了轿后，旁人看到慧明法师是没有穿裤子的，他们都觉得很奇怪，于是就问他道："法师为什么不穿裤子呢？"他说他在外面碰到了"马溜子"，因为向他要裤子，所以他连忙把裤子脱给他了。

关于慧明法师教化"马溜子"的事，外边的传说很多很多，我不过略举了这几样而已。不单那些"马溜子"对于慧明法师有很深的钦佩和信仰，即其他一般出家人，亦无不佩服的。

因为多年没有到杭州去了，西湖边上的马路、洋房也渐渐修筑得很多，而汽车也一天比一天增加，回想到我以前在西湖边上居住时，那种闲静幽雅的生活，真是如同隔世，现在只能托之于梦想了。

艺海畅游的乐趣

有人说我在出家前是书法家、画家、音乐家、诗人、戏剧家等，出家后这些造诣更深。其实不是这样的，所有这一切都是我的人生兴趣而已。我认为一个人在他有生之年应多学一些东西，不见得样样精通，如果能做到博学多闻就很好了，也不枉屈自己这一生一世。而我在出家后，拜印光大师为师，所有的精力都致力于佛法的探究上，全身心去了解禅的含义，在这些兴趣上反倒不如以前痴迷了，也就荒疏了不少。然而，每当回忆起那段艺海生涯，总是有说不尽的乐趣！

记得在我18岁那年，我与茶商之女俞氏结为夫妻。当时哥哥给了我30万元作贺礼，于是我就买了一架钢琴，开始学习音乐方面的知识，并尝试着作曲。后来我与母亲和妻子搬到了上海法租界，由于上海有我家的产业，我可以以少东家的身份支取相当高的生活费用，也因此得以与上海的名流们交往。当时，上海城南有一个组织叫"城南文社"，每月都有文学比试，我投了三次稿，有幸的是每次都获得第一名。从而与文社的主事许涣元先生成为朋友，他为我们全家在南城草堂打扫了房屋，并让我们移居了过去，在那里我和他及另外三位文友结为金兰之好，还号称是"天涯五友"。后来我们共同成立了"上海书画公会"，每个星期都出版书画报纸，与那些志同道合的同仁一起探讨研究书画及诗词歌赋。但是这个公社成立不久就解散了。

由于公社解散，而我的长子在出生后不久就夭折了，不久后我的母亲又过世了，多重不幸给我带来了不小的打击。于是我将母亲的遗体运回天津安葬，并把妻子和孩子一起带回天津，我独自一人前往日本求学。在日本我就读于日本当时美术界的最高学府——上野美术学校，而我当时的老师亦是日本最有名的画家之一——黑田清辉。当时我除了学习绘画外，还努力学习音乐和作曲。那时我确实是沉浸在艺术的海洋中，那是一种真正的快乐享受。

我从日本回来后，政府的腐败统治导致国衰民困，金融市场更是惨淡，很多钱庄、票号都相继倒闭，我家的大部分财产也因此化为乌有了。我的生活也就不再像以前那样无忧无虑了，为此我到上海城东女校当老师去了，并且同时任《太平洋报》文艺版的主编。但是没多久报社被查封，我也为此丢掉了工作。大概几个月后我应聘到浙江师范学校担任绘画和音乐教员，那段时间是我在艺术领域里驰骋最潇洒自如的日子，也是我一生最忙碌、最充实的日子。

　　如果说人类的情欲像一座煤矿，在不同的时期有不同的方式，将自己的欲望转变为巨大的能量。而这种转变会因人而异，有大有小、有快有慢、有早有迟。我可能就属于后者，来得比较缓慢了。

遁入空门的修行

导致我出家的因素有很多，其中不乏小时候的家庭熏染，而有一些应该归功于我在浙江师范的经历。那种忙碌而充实的生活，将我在年轻时沾染上的一些所谓的名士习气洗刷干净，让我更加注重的是为人师表的道德修养的磨炼。因此我感受到了前所未有的清静和平淡，一种空灵的感觉在不知不觉中升起，并充斥到我的全身，就像小时候读佛经时的感觉，但比那时更清澈和明朗了。

民国初期，我来到杭州虎跑寺进行断食修炼，并于此间感悟到佛教的思想境界，于是便受具足戒，从此成为一介"比丘"，与孤灯、佛像、经书终日相伴。如果谈到我为何要选择在他人看来正是名声鹊起、该急流勇进的时候出家，我自己也说不太清楚，但我记得导致我出家决心的是我的朋友夏丏尊，他对我讲了一件事。他说他在一本日本杂志上看到一篇关于绝食修行的方法，这种方法可以帮助身心进行更新，从而达到除旧换新、改恶向善的目的，使人生出伟大的精神力量。他还告诉了我一些实行的方法及注意事项，并给了我一本参考书。我对此产生了浓厚的兴趣，总想找机会尝试一下，看看对自己的身心修养有没有帮助。这个念头产生后，就再也控制不了了，于是在当年暑假期间我就到寺中进行了三个星期的断食修炼。

修炼的过程还是很顺利的。第一个星期逐渐减少食量到不食，第二个星期除喝水以外不吃任何食物，第三个星期由喝粥逐渐增加到正常饮食。断食期间，并没有任何痛苦，也没有感到任何的不适，更没有心力交瘁、软弱无力的感觉。反而觉得身心轻快了很多、空灵了很多，心的感受力比以往更加灵敏了，并且颇有文思和洞察力，感觉就像脱胎换骨过了一样。

断食修炼后不久的一天，由一个朋友介绍来的彭先生，也来到寺里住下，不曾想他只住了几天，就感悟到身心的舒适，竟由主持为其剃度，出家当了和尚。我看了这一切，受到极大的撞击和感染，于是由了悟禅师为我定了法名为演音，法号是弘一。但是我只皈依了三宝，没有剃度，成为一个在家修行的居士。我本想就此以居士的身份，住在寺里进行修持，因为我也曾经考虑到出家的种种困难。然而我一个好朋友说的一句话让我彻底下了出家为僧的决心。

在我成为居士并住在寺里后，我的那位好朋友，再三邀请我到南京高师教课，我推辞不过，于是经常在杭州和南京两地奔走，有时一个月要数次。朋友劝我不要这样劳苦，我说："这是信仰的事情，不比寻常的名利，是不可以随便迁就或更改的。"我的朋友后悔不该强行邀请我在高师任教，于是我就经常安慰他，这反倒使他更加苦闷了。终于，有一天他对我说："与其这样做居士究竟不彻底，不如索性出家做了和尚，倒清爽！"这句话对我犹如醍醐灌顶，一语就警醒了我。是呀，做事做彻底，不干不净的很是麻烦。

于是在这年暑假，我就把我在学校的一些东西分给了朋友和校工们，仅带了几件衣物和日常用品，回到虎跑寺剃度作了和尚。

有很多人猜测我出家的原因，而且争议颇多。我并不想去昭告天下，我为啥出家。因为每个人做事有每个人的原则、兴趣、方式方法以及对事物的理解，这些本就是永远不会相同的，就是说了他人也不会理解，所以干脆不说，慢慢他人就会淡忘的。至于我当时的心境，我想更多的是为了追求一种更高、更理想的方式，以教化自己和世人！

追求律学的真谛

由于我出家后，总是选择清静祥和的地方，要么闭关诵读佛经，要么就是从事写作，有时为大众讲解戒律修持，所以人们经常感到我行踪不定，找不到我。其实佛法无处不在，有佛法的地方就会有我。而我对佛教戒律学的研究可说是情有独钟，我夜以继日地加以研究，就算倾注我毕生的精力也在所不惜！而且我出家后，认定了弘扬律学的精要，一直都过着持律守戒的生活。这种生活对我的修行起了很大的帮助。

我最初接触律学，主要是朋友马一孚居士送给我的一本名叫《灵峰毗尼事义集要》和一本名叫《宝华传戒正范》的书，我非常认真地读过后，真是悲欣交集，心境通彻，亦因此下定决心要学戒，以弘扬法正。

《灵峰毗尼事义集要》是明末高僧蕅益智旭法师的精神旨要，而《宝华传戒正范》是明末的见月宝华法师为传戒所制定的戒律标准。我仔细研读了两位前辈大德的著作后，由衷地感叹大师的修行法旨，也不得不发出感慨，慨叹现在的佛门戒律颓废，很多的僧人没有真正的戒律可以遵守，如果长久下去，佛法将无法长存，僧人也将不复存在了，这是我下决心学习律学的原因。

我常想：我们在此末法时节，所有的戒律都是不能得的，其中有很多的原因。而现在没有能够传授戒律的人，长此以往我认为僧种可能就断绝了。请大家注意，我所说的"僧种断绝"，不是说中国没有僧人了，而是说真正懂得戒律和能遵守戒律的僧人，不复存在了！

想到这些后，我于1921年到温州庆福寺进行闭关修持，后又学习《南山律》。经过长时间的研究和习作后，我便在西湖玉泉寺，用了四年的时间，撰写了《四分律比丘戒相表记》。从这本书中不难看出，我所从事的佛学思想体系以《华严》为境，《四律》为行，导归净土为果的。

像我这样初入佛门，便选择了律学为我毕生的研究方向的僧人，是非常少见的，这令我感到很伤感。如果能有更多的僧人像我这样，持戒守律，那么佛法的发扬光大将不是难事！

辑二

以虚养心，
以德养身

断食日志

（《断食日志》是李叔同先生于1916年在虎跑断食时写的日记手稿。在2010年以前，不少专家都曾以为《断食日志》已经流失或毁损。2010年，文物鉴赏家朱德天将收藏多年的文物《断食日志》捐赠给了杭州虎跑李叔同纪念馆，此物成为杭州市市级"镇馆之宝"之一。这篇《断食日志》虽与下文的《断食日记》在题材和内容上多有重复，但内容珍贵，故此也收录进来。——编者注）

丙辰嘉平一日始。断食后，易名欣，字俶同，黄昏老人，李息。

十一月廿二日，决定断食。祷诸大神之前，神诏断食，故决定之。

择录村井氏说：妻之经验。最初四日，预备半断食。六月五日、六日，粥，梅干。七日、八日，重汤，梅干。九日始断食，安静。饮用水一日五合，一回一合，分五六回服用。第二日，饥饿胸烧，舌生白苔。第三、四日，肩腕痛。第四日，腹部全体凝固，体倦就床，晨轻晚重。第五日，同，稍轻减，坐起一度散步。第六日，轻减，气氛爽快，白苔消失，胸烧愈。第七日，晨平稳，断食期至此止。

后一日，摄重汤，轻二碗三回，梅干无味。后二日，同。后三日，粥，梅干，胡瓜，实入吸物。后四日，粥，吸物，少量刺身。后五日，粥，野菜，轻鱼。后六日，普通食，起床，此两三日，手足浮肿。

断食期内，或体痛不能眠，或下痢，或嚏。便时以不下床为宜。预备断食或一周间，粥三日，重汤四日。断食后或须一周间，重汤三日，粥四日，个半月体量恢复。半断食时服ゾチネ（此处为日文，一种西药名，英文为 Richine——编者注）。

到虎跑寺携带品：被褥帐枕，米，梅干，杨子，齿磨（牙膏、牙刷——编者注），手巾手帕，便器，衣，漉水布，ゾチネ，日记纸笔书，番茶，镜。

预定期间：一日下午赴虎跑。上午闻玉去预备。中食饭，晚食粥，梅干。二日、三日、四日、粥，梅干。五日、六日、七日，重汤、梅干。八日至十七日断食。十八日、十九日、二十日，重汤，梅干。廿一日、廿二日、廿三日、廿四日，粥，梅干，轻菜食。廿五日返校，常食。廿八日返沪。

卅日晨，命闻玉携蚊帐，米，纸，糊，用具到虎跑。室宜清闲，无人迹，无人声，面南，日光遮北，以楼为宜。是晚食饭，拂拭大小便器、桌椅。

午后四时半入山，晚餐素菜六籩（盛食物的圆形器具），极鲜美。食饭二盂，尚未餍，因明日始即预备断食，强止之。榻于客堂楼下，室面南，设榻于西隅，可以迎朝阳。闻玉设榻于后一小室，仅隔一板壁，故呼应便捷。晚燃菜油灯，作楷八十四字。自数日前病感冒，伤风微嗽，今日仍未愈。口干鼻塞，喉紧声哑，但精神如常。八时眠，夜间因楼上僧人足声时作，未能安眠。

十二月一日，晴，微风，五十度。断食前期第一日。疾稍愈，七时半起床。是日午十一时食粥二盂，紫苏叶二片，豆腐三小方。晚五时食粥二盂，紫苏叶二片，梅一枚。饮冷水三杯，有时混杏仁露，食小橘五枚。午后到寺外运动。

余平日之常课，为晨起冷水擦身，日光浴，眠前热水洗足。自今日起冷水擦身暂停，日光浴时间减短，洗足之热水改为温水，因欲使精神聚定，力避冷热极端之刺激也。对于后人断食者，应注意如下：

一、未断食时练习多食冷开水。断食初期改食冷生水，渐次加多。因断食时日饮五杯冷水殊不易，且恐腹泻也。

二、断食初期时之粥或米汤，于微温时食之，不可太热。因与冷水混合，恐致腹痛。

余每晨起后，必通大便一次。今晨如常，但十时后屡放屁不止。二时后又打嗝儿甚多，此为平日所无。是日书楷字百六十八，篆字百零八。夜观焰口，至九时始眠。夜微嗽多噩梦，未能入眠。

二日，晴和，五十度（此处为华氏度，1摄氏度=33.8华氏度，后文同——编者注）。断食前期第二日。七时半起床，晨起无大便。是日午前十一时食粥一盂，梅一枚，紫苏叶二片。午后五时同。饮冷水三杯，食橘子三枚，因运动归来体倦故。是日舌苔白，口内黏滞，上牙里皮脱。精神如常，但过则疲□□（原文此处不明，后文同——编者注）。运动微觉疲倦，头目眩晕。自明日始即不运动。

晚侍和尚念佛，静坐一小时。写字百三十二，是日鼻塞。摹大同造像一幅，原拓本自和尚假来，尚有三幅明后续□□。八时半眠，夜梦为升高跳越运动。其处为器具拍卖场，陈设箱柜几椅并玩具装饰品等。余跳越于上，或腾空飞行于其间，足不履地，灵捷异常，获优胜之名誉。旁观有德国工程师二人，皆能操北京语。一人谓有如此之技能，可以任远东大运动会之某种运动，必获优胜，余逊谢之。一人谓练习身体，断食最有效，吾二人已二日不食。余即告余现在虎跑断食，亦已预备二日矣。其旁又有一中国人，持一表，旁写题目，中并列长短之直红线数十条，如计算增减高低之表式，是记余跳越高低之顺序者。是人持以示余，谓某处由低而高而低之处，最不易跳越，赞余有超人之绝技。后余出门下土坡，屡遇西洋妇人，皆与余为礼，贺余运动之成功，余笑谢之。梦至此遂醒。余生平未尝为一次运动，亦未尝梦中运动，头脑中久无此思想，忽得此梦，至为可异，殆因胃内虚空有以致之欤？

三日，晴和，五十二度。断食前第三日。七时半起床。是晨觉饥饿，胸中搅乱，苦闷异常，口干饮冷水。勉坐起披衣，头昏心乱，发虚汗作呕，力不能支，仍和衣卧少时。饮梅茶二杯，乃起床，精神疲惫，四肢无力。九时后精神稍复原，食橘子二枚。是晨无大便，饮药油一剂，十时半软便一次，甚畅快。十一时水泻一次，精神颇佳，与平常无大异。十一时二十分食粥半盂，梅一个，紫苏一枚。摹普泰造像、天监造像二页。饮水，食物，喉痛，或因泉水性太烈，使喉内脱皮之故。午后四时，饮水后打嗝笃，食小梨一个，五时食粥半盂。是日感冒伤风已愈，但有时微嗽。是日午后及晚，侍和尚念佛静坐一小时。八时半眠。入山预断以来，即不能为长时之安眠，旋睡旋醒，辗转反侧。

四日，晴和，五十三度。断食前第四日。七时半起床。是晨气闷心跳口渴，但较昨晨则轻减多矣，饮冷水稍愈。起床后头微晕，四肢乏力。食小橘一枚，香蕉半个。八时半精神如常，上楼访弘声上人，借佛经三部。午后散步至山门，归来已觉微疲。是日打嗝儿甚多，口时作渴，一共饮冷水四大杯。摹大明造像一页。写楷字八十四，篆字五十四。无大便。四时后头昏，精神稍减，食小橘二枚。是日十一时饮米汤二盂，食米粒二十余。八时就床，就床前食香蕉半个。自预备断食，每夜三时后腿痛，手足麻木。（余前每逢严冬有此旧疾，但不甚剧。）

汝欲延生聽我語
凡事惺惺須求己
如欲延生須放生
此是循環真道理
他若死時你救他
汝若死時人救你

回道人诗

汝欲延生听我语，凡事惺惺须求己。

如欲延生须放生，此是循环真道理。

他若死时你救他，汝若死时人救你。

過赦

五日，晴和，五十三度。断食前第五日。七时半起床。是夜前半颇觉身体舒泰，后半夜仍腿痛，手足麻木。三时醒，口干，心微跳，较昨减轻。食香蕉半个，饮冷水稍眠。六时醒，气体甚好。起床后不似前二日之头晕乏力，精神如常，心胸愉快。到菜园采花供铁瓶。食梨半个，吐渣。自昨日起，多写字，觉左腰痛。是日腹中屡屡作响。时流鼻涕，喉中肿烂尚未愈。午后侍和尚念经静坐一小时，微觉腰痛，不如前日之稳静。三时食梨半个，吐渣。食香蕉半个。午、晚饮米汤一盂。写字百六十二。傍晚精神稍差，恶寒口渴。本定于后日起断食，改自明日起断食，奉神诏也。

断食期内，每日饮梨汁一个之分量，饮橘汁三小个之分量。饮毕漱口。又因信仰上每晨餐神供生白米一粒，将眠，食香蕉半个。是日无大便，七时就床。是夜神经过敏甚剧，加以鼠声、人鼾声，终夜未安眠。口甚干，后半夜腿痛稍轻，微觉肩痛。

六日，晴暖，晚半阴，五十六度。断食正期第一日。八时起床。三时醒，心跳胸闷，饮冷水橘汁及梅茶一杯。八时起床，手足乏力。头微晕，执笔作字殊乏力，精神不如昨日。八时半饮梅茶一杯。脑力渐衰，眼手不灵，写日记时有误字，多遗忘。九时半后精神稍可。十时后精神甚佳，口渴已愈。数日来喉中肿烂亦愈。今日到大殿去二次，计上下廿四级石阶四次，已觉足乏力，为以前所无。是日共饮梨汁一个，橘汁二个。傍晚精神不衰，较胜昨日，但足乏力耳。仍时流鼻涕，晚间精神尤佳。是日不觉如何饥饿。晚有便意，仅放屁数个，仍无便。是夜能安眠，前半夜尤稳安舒泰。眠前以棉花塞耳，并诵神人合一之旨。夜间腿痛已愈，但左肩微痛。七时就床，梦变为丰颜之少年，自谓系断食之效。

七日，阴复晴，夜大风，五十四度。断食正期第二日。六时半起床。四时醒，心跳微作即愈，较前二日减轻。饮冷水甚多。六时半即起床，因是日头晕已减轻，精神较昨日为佳，且天甚暖，故早起床也。起床后饮橘汁一枚。晨览《释迦如来应化事迹图》。八时后精神不振，打哈欠，口塞流鼻涕，但起立行动如常。午后身体寒益甚，拥被稍息。想出食物数种，他日试为之。炒饼、饼汤、虾仁豆腐、虾子面片、什锦丝、咸口瓜。三时起床，冷已愈，足力比昨日稍健。是日无大便，饮冷水较多。前半夜肩稍痛，须左右屡屡互易，后半夜已愈。

八日，阴，大风，寒，午后时露日光，五十度。断食正期第三日。十时起床。五时醒，气体至佳，如前数日之心跳头晕等皆无。因天寒大风，故起床较迟。起床后精神甚佳，手足有力，到院内散步。四时半就床，午后益寒，因早就床。是日食欲稍动，有时觉饥，并默想各种食物之种类及其滋味。是夜安眠，足关节稍痛。

九日，晴，寒，风，午后阴，四十八度。断食正期第四日。八时半起床。四时醒，气体极佳，与日常无异。起床后精神如常，手足有力。朝日照入，心目豁爽。小便后尿管微痛，因饮水太多之故。自今日始不饮梨橘汁，改饮盐梅茶二杯。午后因饮水过多，胸中苦闷。是日午前精神最佳，写字八十四，到菜圃散步。午后寒，一时拥被稍息。三时起床，室内运动。是日不感饥饿。因天寒五时半就床。

十日，阴，寒，四十七度。断食正期第五日。十时半起床。四时半醒，气体精神与昨同。起床后精神至佳。是日因寒故起床较迟。今日加饮盐汤一小杯。十一时杨、刘二君来谈至欢。因寒四时就床。是日写字半页。近日神经过敏已稍愈。故夜间较能安眠。但因昨日饮水过多伤胃，胃时苦闷，今日饮水较少。

十一日，阴寒，夕晴，四十七度。断食正期第六日。九时半起床。四时半醒，气体与昨同。夜间右足微痛，又胃部终不舒畅。是日口干，因寒起床稍迟。饮盐汤半杯，饮梨汁。夕晴，心目豁爽。写字百三十八。坐檐下曝日，四时就床，因寒早就床。是晚感谢神恩，誓必皈依。致福基书。

十二日，晨阴，大雾，寒，午后晴，四十八度。断食正期第七日。十一时起床。四时半醒，气体与昨同，足痛已愈，胃部已舒畅。口干，因寒不敢起床。十一时福基遣人送棉衣来，乃披衣起。饮梨汁及盐汤、橘汁。午后精神甚佳，耳目聪明，头脑爽快，胜于前数日。到菜圃散步。写字五十四。自昨日始，腹部有变动，微有便意，又有时稍感饥饿。是日饮水甚少。晚晴甚佳，四时半就床。

十三日，晨半晴阴，后晴和，夕风，五十四度。断食后期第一日。八时半起床。气体与昨同。晨饮淡米汤二盂，不知其味，屡有便意，口干后愈。饮梨汁橘汁。十一时饮浓米汤一盂，食梅干一个，不知其味。十一时服泻油少许，十一时半大便一次甚多。便色红，便时腹微痛，便后渐觉身体疲弱，手足无力。午后勉强到菜圃一次。是日不饮冷水。午前写字五十四。是日身体疲倦甚剧，断食正期未尝如是。胃口未开，不感饥饿，尤不愿饮米汤，是夕勉强饮一盂，不能再多饮。

十四日，晴，午前风，五十度。断食后期第二天。七时半起床。气体与昨同，夜间较能安眠。五时饮米汤一盂，口干，起床后精神较昨佳。大便轻泻一次，又饮米汤一盂，饮橘汁，食苹果半枚。是日因米汤、梅干与胃口不合，于十一时饮薄藕粉一盂，炒米糕二片，极觉美味，精神亦骤加。精神复原，是日极愉快满足。一时饮薄藕粉一盂，米糕一片。写字三百八十四。腰腕稍痛，暗记诵《神乐歌序章》。四时食稀粥一盂，咸蛋半个，梅干一个，是日不感十分饥饿，如是已甚满足。五时半就床。

十五日，晴，四十九度。断食后期第三日。七时起床。夜间渐能眠，气体无异平时。拥衾饮茶一杯，食米糕三片。早食藕粉米糕，午前到佛堂菜圃散步，写字八十四。午食粥二盂，青菜咸蛋少许。夕食芋四个，极鲜美。食梨一个，橘二个。敬抄《御神乐歌》二页，暗记诵一、二、三下目。晚饮粥二盂，青菜咸蛋，少许梅干。晚食粥后，又食米糕饮茶，未能调和，胃不合，终夜屡打嗝儿，腹鸣。是日无大便，七时就床。

十六日，晴，四十九度。断食后期第四日。七时半起床。晨饮红茶一杯，食藕粉芋。午食薄粥三盂，青菜芋大半碗，极美。有生以来不知菜芋之味如是也。食橘，苹果，晚食与午同。是日午后出山门散步，诵《神乐歌》，甚愉快。入山以来，此为愉快之第一日矣。敬抄《神乐歌》七页，暗记诵四、五下目。晚食后食烟一服。七时半就床，夜眠较迟，胃甚安，是日无大便。

十七日，晴暖，五十二度。断食后期第五日。七时起床。夜间仍不能多眠，晨饮泻油极少量。晨餐浓粥一盂，芋五个，仍不足，再食米糕三个，藕粉一盂。九时半大便一次，极畅快。到菜圃诵《御神乐歌》。中膳，米饭一盂，粥二盂，油炸豆腐一碗。本寺例初一、十五始食豆腐，今日特因僧人某死，葬资有余，故以之购食豆腐。午前后到山门外散步二次。拟定出山门后剃须。闻玉采萝卜来，食之至甘。晚膳粥三盂，豆腐青菜一盂，极美。今日抄《御神乐歌》五页，暗记诵六下目。作书寄普慈。是日大便后愉快，晚膳后尤愉快，坐檐下久。拟定今后更名欣，字俶同。七时半就床。

十八日，阴，微雨，四十九度。断食后期最后一日。五时半起床。夜间酣眠八小时，甚畅快，入山以来未之有也。是晨早起，因欲食寺中早粥。起床后大便一次甚畅。六时半食浓粥三盂，豆腐青菜一盂，胃甚胀。坐菜圃小屋诵《神乐歌》，今日暗记诵七下目，敬抄《神乐歌》八页。午，食饭二盂，豆腐青菜一盂，胃胀大，食烟一服。午后到山中散步，足力极健。

采干花草数枝，松子数个。晚食浓粥二盂，青菜半盂，仅食此不敢再多，恐胃胀也。餐后胸中极感愉快。灯下写字五十四，辑订断食中字课，七时半就床。

十九日，阴，微雨，四时半起床。午后一时出山归校。嘱托闻玉事件：晚饭菜，橘子，做衣服附袖头，廿二要，轿子油布，轿夫选择，新蚊帐，夜壶。自己事件：写真，付饭钱，致普慈信。

断食日记

丙辰十一月二十九日：

断食换心，是一种科学的，也是哲学的试验。告诉闻玉：断食中，不会任何亲友，不拆任何函件，不问任何事务。家中有事，由闻玉答复，处理完毕。待断食期满，告诉我。断食中尽量谢绝一切谈话。整天定课是练字、做印、静坐，三个段落。食量：早餐一碗粥，中餐一碗半饭、一碗菜，晚餐一碗饭及小菜。这是平日三分之二的食量。晚间，准备笔、墨、纸，明天开始习字。闻玉是一个虔诚的护法。

丙辰十一月三十日：

清早六时起床，静坐片刻，盥洗。六点半以后，习字一点钟。早餐，粥大半碗。饭后，静坐。九时起，习字一点钟。午餐，饭菜各一碗。十二点后，午眠。下午二时起，静坐。三点钟起，习字。饥肠辘辘。晚餐，饭菜各一碗。饭后，静坐片刻。就寝。

丙辰十二月一日：

六时起身，静坐。习字功课如昨。早餐，粥半碗，较昨日为稀。中餐，饭菜各一碗。午后小眠，习字如昨。傍晚，腹中如火焚。晚餐，饭半碗。逐日减少活动，以静、定、安、虑作生活中心。闻玉示我，雪子有笺。闻玉待我，周切备至，此情永不能忘。

丙辰十二月二日：

清晨，习字、静坐如常。早餐，稀粥半碗。中餐，改吃粥及菜合一碗。傍晚，空腹时，腹中熊熊然。坚定信念，习字、静坐。精神稍感减衰，镜中看人，略见瘦削。晚餐，稀粥半小碗。六时入睡。

丙辰十二月三日：

晨起，精神渐渐轻快。早餐，稀粥半碗。中餐，稀粥一碗，菜少许。晚餐谢绝。但饮虎跑冷泉一杯。（虎跑泉，著名于杭州。）我如一老僧坐禅，闻玉赫然韦陀！精神蜷然，腹内干燥减少。静坐、习字如昔。晚六时入睡，无梦。

丙辰十二月四日：

晨起，泉水一大杯。绝稀粥。静坐以待寂灭，习字以观性灵。中餐，稀粥半碗，菜少许。傍晚，泉水一杯。习字、静坐如常。闻玉示我，雪子笺至。"情"可畏也。年前曾与雪子妥商，假期来虎跑断食。晚六时入睡。

丙辰十二月五日：

晨起，饮泉水一杯，清凉可口。习字、静坐。精神稳定，腹中舒泰。中餐，稀粥半小碗，无菜。晚，泉水一杯。六时入眠，安静、无梦、轻快。

丙辰十二月六日：

今天，整日饮甘泉。断绝人间烟火。习字、静坐。思丝、虑缕，脉脉可见。文思渐起，不能自已。晚间日落时入眠。

丙辰十二月七日、丙辰十二月八日、丙辰十二月九日：

静坐，习字，饮甘泉水。无梦，无挂，无虑，心清，意净，体轻。饮食，生理上之习惯而已！静坐时，耳根灵明，大地间无不是众生嗷嗷不息之声。

丙辰十二月十日、丙辰十二月十一日：

精神界一片灵明，思潮澎湃不已。法喜无垠。

思彼刀砧苦　不覺悲淚潛
明朝落網罟　繫頭陳市廛
為念世途險　歡樂何足言
雙鴨泛清波　群魚戲碧川
日暖春風和　策杖游郊園

日暖春风和，策杖游郊园。
双鸭泛清波，群鱼戏碧川。
为念世途险，欢乐何足言。
明朝落网罟，系颈陈市廛。
思彼刀砧苦，不觉悲泪潜。

今日与明朝

丙辰十二月十二日：

　　做印一方："不食人间烟火"。空空洞洞，既悲而欣。

丙辰十二月十三日：

　　依法：中餐恢复稀粥半小碗。静坐、习字如昔。

丙辰十二月十四日：

　　饮食逐次增进。制印："一息尚存"。心胃开阔，饭食奇香。

丙辰十二月十五日：

　　丐尊当不知我来此间实行断食也。一切如旧。中餐用菜。

署别名：李婴。老子云："能婴儿乎？"

丙辰十二月十六日：

　　中餐改用饭菜。习字，静坐。室内散步。

丙辰十二月十七日、丙辰十二月十八日：

　　七天不食人间烟火。精神、笔力、思考奇利。

丙辰十二月十九日：

　　整理各式书法一百余幅，印数方。回校……

从容弘法的感悟

从我出家以后，一直到现在，近二十年的时间里，我一直在修持戒律，并且一直不曾化缘、修庙、剃度徒众，也不曾做过住持或监院之类的职务，甚至极少接受一般人的供养。有的时候供养确实无法推却，只好收下，然后转给寺庙。至于我个人的日常花用，一般由我过去的几位朋友或学生来赞助的。因为我自开始修持戒律后，从律学的角度来讲，随便收受他人的馈赠，即便是施主真心真意的供养，也是犯了五戒中的盗戒；再者说，随便收受他人的馈赠，会滋养恶习，不利于修行，更不利于佛法的参悟。所以，我对金钱方面的事情，极为注意，丝毫不敢懈怠。记得我在出家后的第三年时，有一位上海的居士寄钱给我，让我买僧衣和日常用品，我把钱退了回去，并婉言相告表示谢意。

在我出家的这二十年时间里，我先后在杭州的玉泉寺、嘉兴精严寺、衢州莲华寺、温州庆福寺等数十处寺庙住过，其中在温州的时间最长。现在这几年一直住在闽南，主要是在泉州和厦门。在闽南的这段时间，我一直是在写书，并将写成的书向僧众们讲解，将宣传戒律的决心付诸行动。

在闽南是我宣扬戒律最重要的时期，而其间让我感到欣慰的是，每到一处讲解戒律时，都会有众多的僧人前来听录，他们都非常认真。这前后跟我经常在一起的有性常、义俊、瑞今、广洽等十余人，他们都为我宣讲律学给予了不少的帮助。

自此可见，佛法的真实理论和修行的严谨方法，是众多出家人都渴望得到的，也因此我不再害怕佛法不能弘扬了。看来作为一个学道的人，只要心中有春意，就不用世俗的享受来愉悦自己，倒是世间的一切，均可以使自己感到快乐。更何况是为解脱世间众多受苦人的事业而努力，只要有一点成绩和希望，我们都应感到欣喜！

另外对于佛教之简易修持法以及我到永春的因缘简述一下，我到永春的因缘，最初发起，是在三年之前。性愿老法师常常劝我到此地来，又常提起普济寺是如何如何的好。两年以前的春天，我在南普陀讲律圆满以后，妙慧师便到厦门请我到此地来。那时因为学律的人要随行的太多，而普济寺中设备未广，不能够收容，不得已而中止。是为第一次欲来未果。是年的冬天，有位善兴师，他持着永春诸善友一张请帖，到厦门万石岩去，要接我来永春。那时因为已先应了泉州草庵之请，故不能来永春。是以第二次没有来成。

去年的冬天，妙慧师再到草庵来接。本想随请前来，不意过泉州时，又承诸善友挽留，不得已而延期至今春。是为第三次也没有来成。

直至今年半个月以前，妙慧师又到泉州劝请，是为第四次。因大众既然有如此的盛意，故不得不来。其时在泉州各地讲经，很是忙碌，因此又延搁了半个多月。今得来到贵处，和诸位善友相见，我心中非常欢喜。自三年前就想到此地来，屡次受了事情所阻，现在得来，满其多年的夙愿，更可说是十分地欢喜了。

南闽十年之梦影 节选

丁丑二月十六日在南普陀寺佛教养正院讲

我一到南普陀寺，就想来养正院和诸位法师讲谈讲谈，原定的题目是"余之忏悔"，说来话长，非十几小时不能讲完；近来因为讲律，须得把讲稿写好，总抽不出一个时间来，心里又怕负了自己的初愿，只好抽出很短的时间，来和诸位谈谈，谈我在南闽十年中的几件事情！

我第一回到南闽，在1928年的十一月，是从上海来的。起初还是在温州，我在温州住得很久，差不多有十年光景。

由温州到上海，是为着编辑《护生画集》的事，和朋友商量一切；到十一月底，才把《护生画集》编好。

那时我听人说，尤惜阴居士也在上海。他是我旧时很要好的朋友，我就想去看一看他。一天下午，我去看尤居士，居士说要到暹罗国（中国史籍对古泰国的叫法——编者注）去，第二天一早就要动身的。我听了觉得很喜欢，于是也想和他一道去。

我就在十几小时中，急急地预备着。第二天早晨，天还没大亮，就赶到轮船码头，和尤居士一起动身到暹罗国去了。从上海到暹罗，是要经过厦门的，料不到这就成了我来厦门的因缘。十二月初，到了厦门，承陈敬贤居士的招待，也在他们的楼上吃过午饭，后来陈居士就介绍我到南普陀寺来。那时的南普陀，和现在不同，马路还没有建筑，我是坐着轿子到寺里来的。

到了南普陀寺，就在方丈楼上住了几天。时常来谈天的，有性愿老法师、芝峰法师等。芝峰法师和我同在温州，虽不曾见过面，却是很相契的。现在突然在南普陀寺晤见了，真是说不出的高兴。

我本来是要到暹罗去的，因着诸位法师的挽留，就留滞在厦门，不想到暹罗国去了。

在厦门住了几天，又到小雪峰那边去过年。一直到正月半以后才回到厦门，住在闽南佛学院的小楼上，约莫住了三个月工夫。看到院里面的学僧虽然只有二十几位，他们的态度都很文雅，而且很有礼貌，和教职员的感情也很不差，我当时很赞美他们。

这时芝峰法师就谈起佛学院里的课程来。他说："门类分得很多，时间的分配却很少，这样下去，怕没有什么成绩吧？"因此，我表示了一点意见，大约是说："把英文和算术等删掉，佛学却不可减少，而且还得增加，就把腾出来的时间教佛学吧！"他们都很赞成。听说从此以后，学生们的成绩确比以前好得多了！

我在佛学院的小楼上，一直住到四月间，怕将来的天气更会热起来，于是又回到温州去。

第二回到南闽，是在1929年十月。起初在南普陀寺住了几天，以后因为寺里要做水陆，又搬到太平岩去住。等到水陆圆满，又回到寺里，在前面的老功德楼住着。

当时闽南佛学院的学生，忽然增加了两倍多，约有六十多位，管理方面不免感到困难。虽然竭力地整顿，终不能恢复以前的样子。

不久，我又到小雪峰去过年，正月半才到承天寺来。

那时性愿老法师也在承天寺，在起草章程，说是想办什么研究社。

不久，研究社成立了，景象很好，真所谓"人才济济"，很有一种难以形容的盛况。现在妙释寺的善契师，南山寺的传证师，以及已故南普陀寺的广究师，等等，都是那时候的学僧哩！

研究社初办的几个月间，常住的经忏很少，每天有工夫上课，所以成绩卓著，为别处所少有。

当时我也在那边教了两回写字的方法，遇有闲空，又拿寺里那些古版的藏经来整理整理，后来还编成目录，至今留在那边。这样在寺里约莫住了三个月，到四月，怕天气要热起来，又回到温州去。

1931年九月，广洽法师写信来，说很盼望我到厦门去。当时我就从温州动身到上海，预备再到厦门；但许多朋友都说：时局不大安定，远行颇不相宜，于是我只好仍回温州。直到转年（即1932年）十月，到了厦门，计算起来，已是第三回了。

到厦门之后，由性愿老法师介绍，到山边岩去住；但其间妙释寺也去住了几天。

那时我虽然没有到南普陀来住；但佛学院的学僧和教职员，却是常常来妙释寺谈天的。

1933年正月廿一日，我开始在妙释寺讲律。这年五月，又移到开元寺去。

当时许多学律的僧众，都能勇猛精进，一天到晚地用功，从没有空过的工夫；就是秩序方面也很好，大家都啧啧地称赞着。

有一天，已是黄昏时候了，我在学僧们宿舍前面的大树下立着，各房灯火发出很亮的光；诵经之声，又复朗朗入耳，一时心中觉得有无限的欢慰！可是这种良好的景象，不能长久地继续下去，恍如昙花一现，不久就消失了。但是当时的景象，却很深地印在我的脑中，现在回想起来，还如在大树底下目睹一般。这是永远不会消灭，永远不会忘记的啊！

十一月，我搬到草庵来过年。

1934年二月，又回到南普陀。当时旧友大半散了，佛学院中的教职员和学僧，也没有一位认识的！我这一回到南普陀寺来，是准了常惺法师的约，来整顿学僧教育的。后来我观察情形，觉得因缘还没有成熟，要想整顿，一时也无从着手，所以就作罢了。此后并没有到闽南佛学院去。

下面我再来说几样事情：

我于1935年到惠安净峰寺去住。到十一月，忽然生了一场大病，所以我就搬到草庵来养病。这一回的大病，可以说是我一生的大纪念！我于1936年的正月，扶病到南普陀寺来。在病床上有一只钟，比其他的钟总要慢两刻，别人看到了，总是说这个钟不准，我说："这是草庵钟。"别人听了"草庵钟"三字还是不懂，难道天下的钟也有许多不同的吗？现在就让我详详细细地来说个明白。

我那一回大病，在草庵住了一个多月。摆在病床上的钟，是以草庵的钟为标准的。而草庵的钟，总比一般的钟要慢半点。我以后虽然移到南普陀，但我的钟还是那个样子，比平常的钟慢两刻，所以"草庵钟"就成了一个名词了。这件事由别人看来，也许以为是很好笑的吧！但我觉得很有意思！因为我看到这个钟，就想到我在草庵生大病的情形了，往往使我发大惭愧，惭愧我德薄业重。我要自己时时发大惭愧，我总是故意地把钟改慢两刻，照草庵那钟的样子，不止当时如此，到现在还是如此，而且愿尽形寿，常常如此。

以后在南普陀住了几个月，于五月间，才到鼓浪屿日光岩去。十二月仍回南普陀。到今年1937年，我在闽南居住，算起来，首尾已是十年了。回想我在这十年之中，在闽南所做的事情，成功的却是很少很少，残缺破碎的居其大半，所以我常常自己反省，觉得自己的德行，实在十分欠缺。因此近来我自己起了一个名字，叫"二一老人"。什么叫"二一老人"呢？这有我自己的根据。

记得古人有句诗：

"一事无成人渐老。"

清初吴梅村（伟业）临终的绝命词有：

"一钱不值何消说。"

这两句诗的开头都是"一"字，所以我用来做自己的名字，叫作"二一老人"。

因此我十年来在闽南所做的事，虽然不完满，而我也不怎样地去求它完满了！

诸位要晓得，我的性情是很特别的，我只希望我的事情失败，因为事情失败、不完满，这才使我常常发大惭愧，能够晓得自己的德行欠缺，自己的修善不足，那我才可努力用功，努力改过迁善！一个人如果事情做完满了，那么这个人就会心满意足，扬扬得意，反而增长他贡高我慢（佛学术语，指自高自大——编者注）的念头，生出种种的过失来。所以还是不去希望完满的好！不论什么事，总希望它失败，失败才会发大惭愧。倘若因成功而得意，那就不得了啦！

我近来，每每想到"二一老人"这个名字，觉得很有意味！这"二一老人"的名字，也可以算是我在闽南居住了十年的一个最好的纪念。

最后之□□①

戊寅十一月十四日在南普陀寺佛教养正院同学会席上讲

佛教养正院已办有四年了。诸位同学初来的时候，身体很小，经过四年之久，身体皆大起来了，有的和我也差不多。啊！光阴很快。人生在世，自幼年至中年，自中年至老年，虽然经过几十年之光景，实与一会儿差不多。就我自己而论，我的年纪将到六十了，回想从小孩子的时候起到现在，种种经过如在目前。啊！我想我以往经过的情形，只有一句话可以对诸

① 二字不明，疑为"忏悔"——编者注。

位说，就是"不堪回首"而已。

我常自来想，啊！我是一个禽兽吗？好像不是，因为我还是一个人身。我的天良丧尽了吗？好像还没有，因为我尚有一线天良常常想念自己的过失。我从小孩子起一直到现在都埋头造恶吗？好像也不是，因为我小孩子的时候，常行袁了凡的功过格。三十岁以后，很注意于修养，初出家时，也不是没有道心。虽然如此，但出家以后一直到现在，便大不同了：因为出家以后二十年之中，一天比一天堕落，身体虽然不是禽兽，而心则与禽兽差不多。天良虽然没有完全丧尽，但是昏愦糊涂，一天比一天厉害，抑或与天良丧尽也差不多了。讲到埋头造恶的一句话，我自从出家以后，恶念一天比一天增加，善念一天比一天退失，一直到现在，可以说是醇乎其醇的一个埋头造恶的人，这个也无须客气也无须谦让了。

就以上所说看起来，我从出家后已经堕落到这种地步，真可令人惊叹；其中到闽南以后十年的工夫，尤其是堕落的堕落。去年春间曾经在养正院讲过一次，所讲的题目就是"南闽十年之梦影"，那一次所讲的，字字之中都可以看到我的泪痕，诸位应当还记得吧。

可是到了今年，比去年更不像样子了；自从正月二十到泉州，这两个月之中，弄得不知所云。不只我自己看不过去；就是我的朋友也说我以前如闲云野鹤，独往独来，随意栖止，何以近来竟大改常度，到处演讲，常常见客，时时宴会，简直变成一个"应酬的和尚"了，这是我的朋友所讲的。啊！"应酬的和尚"，这五个字，我想我自己近来倒很有几分相像。

如是在泉州住了两个月以后，又到惠安到厦门到漳州，都是继续前稿；除了利养，还是名闻，除了名闻，还是利养。日常生活，总不在名闻利养之外。虽在瑞竹岩住了两个月，稍少闲静，但是不久，又到祈保亭冒充善知识，受了许多的善男信女的礼拜供养，可以说是惭愧已极了。

九月又到安海，住了一个月，十分地热闹。近来再到泉州，虽然时常起一种恐惧厌离的心，但是仍不免向这一条名闻利养的路上前进。可是近来也有一件可庆幸的事，因为我近来得到永春十五岁小孩子的一封信。他劝我以后不可常常宴会，要养静用功；信中又说起他近来的生活，如吟诗、赏月、看花、静坐等，洋洋千言的一封信。啊！他是一个十五岁的小孩子，竟有如此高尚的思想，正当的见解。我看到他这一封信，真是惭愧万分了。我自从得到他的信以后，就以十分坚决的心谢绝宴会，虽然得罪了别人，也不管它，这个也可算是近来一件可庆幸的事了。

虽然是如此，但我的过失也太多了，可以说是从头至足，没有一处无过失，岂止谢绝宴会就算了结了吗？尤其是今年几个月之中，极力冒充善知识，实在是太为佛门丢脸。别人或者能够原谅我；但我对我自己，绝对不能够原谅，断不能如此马马虎虎地过去。所以我近来对人讲话的时候，绝不顾惜情面，决定赶快料理没有了结的事情，将"法师""老法师""律师"等名目，一概取消，将学人、侍者等一概辞谢；孑然一身，遂我初服，这个或者亦是我一生的大结束了。

啊！再过一个多月，我的年纪要到六十了。像我出家以来，既然是无惭无愧，埋头造恶，所以到现在所做的事，大半支离破碎不能圆满，这个也是份所当然。只有对于养正院诸位同学，相处四年之久，有点不能忘情；我很盼望养正院从此以后能够复兴起来，为全国模范的僧学院。可是我的年纪老了，又没有道德学问，我以后对于养正院也只可说"爱莫能助"了。

啊！与诸位同学谈的时间也太久了，且用古人的诗来作临别赠言。诗云：

未济终焉心缥缈，万事都从缺陷好。
吟到夕阳山外山，古今谁免余情绕。

水邊垂釣　閒情逸致
是以物命　而為兒戲
刺骨穿腸　於心何忍
願發仁慈　常起悲愍

水边垂钓，闲情逸致。
是以物命，而为儿戏。
刺骨穿肠，于心何忍。
愿发仁慈，常起悲愍。

誘敔

诱杀

改习惯

癸酉在泉州承天寺讲

吾人因多生以来之夙习及以今生自幼所受环境之熏染，而自然现于身口者，名曰习惯。

习惯有善有不善，今且言其不善者。常人对于不善之习惯，而略称之曰习惯。今依俗语而标题也。

在家人之教育，以矫正习惯为主。出家人亦尔。但近世出家人，维尚谈玄说妙。于自己微细之习惯，固置之不问。即自己一言一动，极粗显易知之习惯，亦罕有加以注意者。可痛叹也。

余于三十岁时，即觉知自己恶习惯太重，颇思尽力对治。出家以来，恒战战兢兢，不敢任情适意。但自愧恶习太重。二十年来，所矫正者百无一二。自今以后，愿努力痛改。更愿有缘诸道侣，亦皆奋袂兴起，同致力于此也。

吾人之习惯甚多。今欲改正，宜依如何之方法耶？若胪列多条，而一时改正，则心劳而效少，以余经验言之，宜先举一条乃至三四条，逐日努力检点，既已改正，后再逐渐增加可耳。

今春以来，有道侣数人，与余同研律学，颇注意于改正习惯。数月以来，稍有成效。今愿述其往事，以告诸公。但诸公欲自改其习惯，不必尽依此数条，尽可随宜酌定。余今所述者，特为诸公作参考耳。

学律诸道侣，已改正习惯，有七条。

一、食不言。现时中等以上各寺院，皆有此制，故改正甚易。

二、不非时食。初讲律时，即由大众自己发心，同持此戒。后来学者亦尔，遂成定例。

三、衣服朴素整齐。或有旧制，色质未能合宜者，暂作内衣，外罩如法之服。

四、别修礼诵等课程。每日除听讲、研究、抄写及随寺众课诵外，皆别自立礼诵等课程，尽力行之。或有每晨于佛前跪读《法华经》者，或有读《华严经》者，或有读《金刚经》者，或每日念佛一万以上者。

五、不闲谈。出家人每喜聚众闲谈，虚丧光阴，废弛道业，可悲可痛！今诸道侣，已能渐除此习。每于食后、或傍晚、休息之时，皆于树下檐边，或经行、或端坐、或默诵佛号、或朗读经文、或默然摄念。

六、不阅报。各地日报，社会新闻栏中，关于杀盗淫妄等事，记载最详。而淫欲诸事，尤描摹尽致。虽无淫欲之人，常阅报纸，亦必受其熏染。此为现代世俗教育家所痛慨者。故学律诸道侣，近已自己发心不阅报纸。

七、常劳动。出家人性多懒惰，不喜劳动。今学律诸道侣，皆已发心，每日扫除大殿及僧房檐下，并奋力做其他种种劳动之事。

以上已改正之习惯，共有七条。

尚有近来特实行改正之二条，亦附列于下：

一、食碗所剩饭粒。印光法师最不喜此事。若见剩饭粒者，即当面痛呵斥之。所谓施主一粒米，恩重大如山也。但若烂粥烂面留滞碗上不易除去者，则非此限。

二、坐时注意威仪。垂足坐时，双腿平列。不宜左右互相翘架，更不宜耸立或直伸。余于在家时，已改此习惯。且现代出家人普通之威仪，亦不许如此。想此习惯不难改正也。

总之，学律诸道侣，改正习惯时，皆由自己发心。决无人出命令而禁止之也。

改过实验谈 节选

癸酉正月在厦门妙释寺讲

今值旧历新年，请观厦门全市之中，充满新气象，门户贴新春联，人多着新衣，口言恭贺新禧、新年大吉等。我等素信佛法之人，当此万象更新时，亦应一新乃可。我等所谓新者何，亦如常人贴新春联、着新衣等以为新乎？曰：不然。我等所谓新者，乃是改过自新也。但"改过自新"四字范围太广，若欲演讲，不知从何说起。今且就余五十年来修省改过所实验者，略举数端为诸君言之。

余于讲说之前，有须预陈者，即是以下所引诸书，虽多出于儒书，而实合于佛法。因谈玄说妙修证次第，自以佛书最为详尽。而我等初学之人，持躬敦品、处事接物等法，虽佛书中亦有说者，但儒书所说，尤为明白详尽适于初学。故今多引之，以为吾等学佛法者之一助焉。以下分为总论别示二门。

总论者，即是说明改过之次第：

一、学。须先多读佛书儒书，详知善恶之区别及改过迁善之法。倘因佛儒诸书浩如烟海，无力遍读，而亦难于了解者，可以先读《格言联璧》一部。余自儿时，即读此书。归信佛法以后，亦常常翻阅，甚觉其亲切而有味也。此书佛学书局有排印本甚精。

二、省。既已学矣，即须常常自己省察，所有一言一动，为善欤，为恶欤？若为恶者，即当痛改。除时时注意改过之外，又于每日临睡时，再将一日所行之事，详细思之。能每日写录日记，尤善。

三、改。省察以后，若知是过，即力改之。诸君应知改过之事，乃是十分光明磊落，足以表示伟大之人格。故子贡云："君子之过也，如日月之食焉；过也，人皆见之，更也，人皆仰之。"又古人云："过而能知，可以谓明。知而能改，可以即圣。"诸君可不勉乎！

别示者，即是分别说明余五十年来改过迁善之事。但其事甚多，不可胜举。今且举十条为常人所不甚注意者，先与诸君言之。《华严经》中皆用十之数目，乃是用十以表示无尽之意。今余说改过之事，仅举十条，亦尔；正以示余之过失甚多，实无尽也。此次讲说时间甚短，每条之中仅略明大意，未能详言，若欲知者，且俟他日面谈耳。

一、虚心。常人不解善恶，不畏因果，决不承认自己有过，更何论改？但古圣贤则不然。今举数例，孔子曰："五十以学《易》，可以无大过矣。"又曰："闻义不能徙，不善不能改，是吾忧也。"蘧伯玉为当时之贤人，彼使人于孔子。孔子与之坐而问焉，曰："夫子何为？"对曰："夫子欲寡其过而未能也。"圣贤尚如此虚心，我等可以贡高自满乎！

二、慎独。曾子曰："十目所视，十手所指，其严乎！"又引《诗》云："战战兢兢，如临深渊，如履薄冰。"此数语为余所常常忆念不忘者也。

三、宽厚。造物所忌，曰刻曰巧。圣贤处事，唯宽唯厚。古训甚多，今不详录。

四、吃亏。古人云："我不识何等为君子，但看每事肯吃亏的便是。我不识何等为小人，但看每事好便宜的便是。"古时有贤人某临终，子孙请遗训，贤人曰："无他言，尔等只要学吃亏。"

五、寡言。此事最为紧要。孔子云："驷不及舌。"可畏哉！古训甚多，今不详录。

六、不说人过。古人云："时时检点自己且不暇，岂有功夫检点他人。"孔子亦云："躬自厚而薄责于人。"以上数语，余常不敢忘。

七、不文己过。子夏曰："小人之过也必文。"我众须知文过乃是最可耻之事。

八、不覆己过。我等倘有得罪他人之处，即须发大惭愧，生大恐惧。发露陈谢，忏悔前愆。万不可顾惜体面，隐忍不言，自诳自欺。

九、闻谤不辩。古人云："何以息谤？曰：无辩。"又云："吃得小亏，则不至于吃大亏。"余三十年来屡次经验，深信此数语真实不虚。

十、不嗔。嗔习最不易除。古贤云："二十年治一怒字，尚未消磨得尽。"但我等亦不可不尽力对治也。《华严经》云："一念心，能开百万障门。"可不畏哉！

因限于时间，以上所言者殊略，但亦可知改过之大意。最后，余尚有数言，愿为诸君陈者：改过之事，言之似易，行之甚难。故有屡改而屡犯，自己未能强作主宰者，实由无始宿业所致也。

……

常人于新年时，彼此晤面，皆云恭喜，所以贺其将得名利。余此次于新年时，与诸君晤面，亦云恭喜，所以贺诸君将能真实改过不久将为贤为圣。

青年佛徒应注意的四项

丙子正月开学日在南普陀寺佛教养正院讲

养正院从开办到现在，已是一年多了。外面的名誉很好，这因为由瑞金法师主办，又得各位法师热心爱护，所以能有这样的成绩。

我这次到厦门，得来这里参观，心里非常欢喜。各方面的布置都很完美，就是地上也扫得干干净净的，这样，在别的地方，很不容易看到。

我在泉州草庵大病的时候，承诸位写一封信来，各人都签了名，慰问我的病状；并且又承诸位念佛七天，代我忏悔，还

今日尔喫他
将来他喫尔
循环作主人
同是亲与子

参用宋黄庭坚诗句
日本风俗有以鸡肉与卵置於饭
上而食之者名亲子丼亲谓父母
子谓儿女丼者彼邦俗解谓是陶
制大盌也鸡为亲卵为子以此二物
共置盌中故曰亲子丼

今日尔吃他，将来他吃尔。

循环作主人，同是亲与子。

参用宋黄庭坚诗句
日本风俗有以鸡肉与卵置于饭上而食之者，名"亲子丼"。亲谓父母，子谓儿女，丼者，彼邦俗解谓是陶制大碗也。鸡为亲，卵谓子，以此二物共置碗中，故曰"亲子丼"。

亲与子

有像这样别的事，都使我感激万分！

再过几个月，我就要到鼓浪屿日光岩去方便闭关了。时期大约颇长久，怕不能时时会到，所以特地发心来和诸位叙谈叙谈。

今天所要和诸位谈的，共有四项：一是惜福，二是习劳，三是持戒，四是自尊，都是青年佛徒应该注意的。

惜 福

"惜"是爱惜，"福"是福气。就是我们纵有福气，也要加以爱惜，切不可把它浪费。诸位要晓得：末法时代，人的福气是很微薄的，若不爱惜，将这很薄的福享尽了，就要受莫大的痛苦，古人所说"乐极生悲"，就是这意思啊！我记得从前小孩子的时候，我父亲请人写了一副大对联，是清朝刘文定公的句子，高高地挂在大厅的抱柱上，上联是"惜食，惜衣，非为惜财缘惜福"。我的哥哥时常教我念这句子，我念熟了，以后凡是临到穿衣或是饮食的当儿，我都十分注意，就是一粒米饭，也不敢随意糟掉；而且我母亲也常常教我，身上所穿的衣服当时时小心，不可损坏或污染。这因为母亲和哥哥怕我不爱惜衣食，损失福报，以致短命而死，所以常常这样叮嘱着。

诸位可晓得，我五岁的时候，父亲就不在世了！七岁时我练习写字，拿整张的纸瞎写，一点不知爱惜，我母亲看到，就正颜厉色地说："孩子！你要知道呀！你父亲在世时，莫说这样大的整张的纸不肯糟蹋，就连寸把长的纸条，也不肯随便丢掉哩！"母亲这话，也是惜福的意思啊！

我因为有这样的家庭教育，深深地印在脑里，后来年纪大了，也没一时不爱惜衣食；就是出家以后，一直到现在，也还保守着这样的习惯。诸位请看我脚上穿的一双黄鞋子，还是1902年在杭州时候，一位打念佛七的出家人送给我的。又诸位有空，可以到我房间里来看看，我的棉被面子，还是出家以前所用的；又有一把洋伞，也是1911年买的。这些东西，即使有破烂的地方，请人用针线缝缝，仍旧同新的一样了。简直可尽我形寿受用着哩！不过，我所穿的小衫裤和罗汉草鞋一类的东西，却须五六年一换，除此以外，一切衣物，大都是在家时候或是初出家时候制的。

从前常有人送我好的衣服或别的珍贵之物，但我大半都转送别人。因为我知道我的福薄，好的东西是没有胆量受用的。又如吃东西，只生病时候吃一些好的，除此以外，从不敢随便乱买好的东西吃。

惜福并不是我一个人的主张，就是净土宗大德印光老法师也是这样，有人送他白木耳等补品，他自己总不愿意吃，转送到观宗寺去供养谛闲法师。别人问他："法师！你为什么不吃好的补品？"

他说："我福气很薄，不堪消受。"

他老人家——印光法师，性情刚直，平常对人只问理之当不当，情面是不顾的。前几年有一位皈依弟子，是鼓浪屿有名的居士，去看望他，和他一道吃饭，这位居士先吃好，老法师见他碗里剩落了一两粒米饭，于是就很不客气地大声呵斥道："你有多大福气，可以这样随便糟蹋饭粒！你得把它吃光！"

诸位！以上所说的话，句句都要牢记！要晓得：我们即使有十分福气，也只好享受二三分，所余的可以留到以后去享受；诸位或者能发大心，愿以我的福气，布施一切众生，共同享受，那更好了。

习 劳

"习"是练习，"劳"是劳动。现在讲讲习劳的事情：

诸位请看看自己的身体，上有两手，下有两脚，这原为劳动而生的。若不将它运用习劳，不但有负两手两脚，就是对于身体也一定有害无益。换句话说，若常常劳动，身体必定康健。而且我们要晓得：劳动原是人类本分上的事，不唯我们寻常出家人要练习劳动，即使到了佛的地位，也要常常劳动才行，现在我且讲讲佛的劳动的故事：

所谓佛，就是释迦牟尼佛。在平常人想起来，佛在世时，总以为同现在的方丈和尚一样，有衣钵师、侍者师常常侍候着，佛自己不必做什么。但是不然，有一天，佛看到地下不很清洁，自己就拿起扫帚来扫地，许多大弟子见了，也过来帮扫，不一时，把地扫得十分清洁。佛看了欢喜，随即到讲堂里去说法，说道："若人扫地，能得五种功德……"

又有一个时候，佛和阿难出外游行，在路上碰到一个喝醉了酒的弟子，已醉得不省人事了；佛就命阿难抬脚，自己抬头，一直抬到井边，用桶汲水，叫阿难把他洗濯干净。

有一天，佛看到门前木头做的横楣坏了，自己动手去修补。

有一次，一个弟子生了病，没有人照应，佛就问他说："你生了病，为什么没人照应你？"那弟子说："从前人家有病，我不曾发心去照应他；现在我有病，所以人家也不来照应我了。"佛听了这话，就说："人家不来照应你，就由我来照应你吧！"就将那病弟子大小便种种污秽，洗濯得干干净净；并且还将他的床铺，理得清清楚楚，然后扶他上床。由此可见，佛是怎样的习劳了。佛决不像现在的人，凡事都要人家服劳，自己坐着享福。这些事实，出于经律，并不是凭空说说的。

现在我再说两桩事情，给大家听听：《弥陀经》中载着的一位大弟子——阿泥楼陀（即阿那律，亦名阿尼律陀，释迦牟尼十大弟子之一——编者注），他双目失明，不能料理自己，佛就替他裁衣服，还叫别的弟子一道帮着做。

有一次，佛看到一位老年比丘眼睛花了，要穿针缝衣，无奈眼睛看不清楚，嘴里叫着："谁能替我穿针呀？"

佛听了立刻答应说："我来替你穿。"

以上所举的例，都足证明佛是常常劳动的。我盼望诸位，也当以佛为模范，凡事自己动手去做，不可依赖别人。

持　戒

"持戒"二字的意义，我想诸位总是明白的吧！我们不说修到菩萨或佛的地位，就是想来生再做人，最低的限度，也要能持五戒。可惜现在受戒的人虽多，只是挂个名而已，切切实实能持戒的却很少。要知道：受戒之后，若不持戒，所犯的罪，比不受戒的人要加倍的大，所以我时常劝人不要随便受戒。至于现在一般传戒的情形，看了真痛心，我实在说也不忍说了！我想最好还是随自己的力量去受戒，万不可敷衍门面，自寻苦恼。

戒中最重要的，不用说是杀、盗、淫、妄，此外还有饮酒、食肉，也易惹人讥嫌。至于吃烟，在律中虽无明文，但在我国习惯上，也很容易受人讥嫌的，总以不吃为是。

自　尊

"尊"是尊重，"自尊"就是自己尊重自己，可是人都喜欢人家尊重我，而不知我自己尊重自己；不知道要想人家尊重自己，必须从我自己尊重自己做起。怎样尊重自己呢？就是自己时时想着：我当做一个伟大的人，做一个了不起的人。比如我们想做一位清净的高僧吧，就拿《高僧传》来读，看他们怎样行，我也怎样行，所谓："彼既丈夫我亦尔。"又比方我想将来做一位大菩萨，那么就当依经中所载的菩萨行，随力行去。这就是自尊。但自尊与贡高不同：贡高是妄自尊大，目空一切的胡乱行为；自尊是自己增进自己的德业，其中并没有一丝一毫看不起人的意思的。

诸位万万不可以为自己是一个小孩子，是一个小和尚，一切不妨随便些，也不可说我是一个平常的出家人，哪里敢希望做高僧、做大菩萨。凡事全在自己做去，能有高尚的志向，没有做不到的。

诸位如果作这样想：我是不敢希望做高僧、做大菩萨的，那做事就随随便便，甚至自暴自弃，走到堕落的路上去了，那不是很危险的么？诸位应当知道：年纪虽然小，志气却不可不高啊！

我还有一句话，要向大家说，我们现在依佛出家，所处的地位是非常尊贵的，就以剃发、披袈裟的形式而论，也是人天师表，国王和诸天人来礼拜，我们都可端坐而受。你们知道这道理么？自今以后，就当尊重自己，万万不可随便了。

以上四项，是出家人最当注意的，别的我也不多说了。我不久就要闭关，不能和诸位时常在一块儿谈话，这是很抱歉的。但我还想在关内讲讲律，每星期约讲三四次，诸位碰到例假，不妨来听听！

今天得和诸位见面，我非常高兴。我只希望诸位把我所讲的四项，牢记在心，作为永久的纪念！

时间讲得很久了，费诸位的神，抱歉！抱歉！

人生之最后

　　岁次壬申十二月，厦门妙释寺念佛会请余讲演，录写此稿。于时了时律师卧病不起，日夜愁苦。见此讲稿，悲欣交集，遂放下身心，屏弃医药，努力念佛。并扶病起，礼大悲忏，吭声唱诵，长跽经时，勇猛精进，超胜常人。见者闻者，靡不为之惊喜赞叹，谓感动之力有如是剧且大耶。

　　余因念此稿虽仅数纸，而皆撮录古今嘉言及自所经验，乐简略者或有所取、及为治定，付刊流布焉。

弘一演音记

绪　言

　　古诗云："我见他人死，我心热如火，不是热他人，看看轮到我。"人生最后一段大事岂可须臾忘耶？今为讲述，次分六章，如下所列。

病重时

当病重时应将一切家事及自己身体悉皆放下。专意念佛，一心希冀往生西方。能如是者，如寿已尽，决定往生。如寿未尽，虽求往生而病反能速愈，因心至专诚，故能灭除宿世恶业也。倘不如是放下一切专意念佛者，如寿已尽，决定不能往生，因自己专求病愈不求往生，无由往生故。如寿未尽，因其一心希望病愈，妄生忧怖，不唯不能速愈，反更增加病苦耳。

病未重时，亦可服药，但仍须精进念佛，勿作服药愈病之想。病既重时，可以不服药也。余昔卧病石室，有劝延医服药者，说偈谢云："阿弥陀佛，无上医王，舍此不求，是谓痴狂。一句弥陀，阿伽陀药，舍此不服，是谓大错。"因平日既信净土法门，谆谆为人讲说。今白患病何反舍此而求医药，可不谓为痴狂大错耶？若病重时痛苦甚剧者，切勿惊惶。因此病苦，乃宿世业障。或亦是转未来三途恶道之苦，于今生轻受，以速了偿也。

自己所有衣服诸物，宜于病重之时，即施他人。若依《地藏菩萨本愿经·如来赞叹品》所言供养经像等，则弥善矣。

若病重时，神识犹清，应请善知识为之说法，尽力安慰。举病者今生所修善业，一一详言而赞叹之，令病者心生欢喜，无有疑虑。自知命终之后，承斯善业，决定生西。

临终时

临终之际，切勿询问遗嘱，亦勿闲谈杂话。恐彼牵动爱情，贪恋世间，有碍往生耳。若欲留遗嘱者，应于康健时书写，付人保藏。

倘自言欲沐浴更衣者，则可顺其所欲而试为之。若言不欲，或噤口不能言者，皆不须强为。因常人命终之前，身体不免痛苦。倘强为移动沐浴更衣，则痛苦将更加剧。世有发愿生西之人，临终为眷属等移动扰乱，破坏其正念，遂致不能往生者，甚多甚多。又有临终可生善道，乃为他人误触，遂起嗔心，而牵人恶道者，如经所载阿耆达王死堕蛇身，岂不可畏。

临终时或坐或卧，皆随其意，未宜勉强。若自觉气力衰弱者，尽可卧床，勿求好看勉力坐起。时，本应面西右胁侧卧。若因身体痛苦，改为仰卧，或面东左胁侧卧者，亦任其自然，不可强制。

大众助念佛时，应请阿弥陀佛接引像，供于病人卧室，令彼瞩视。

助念之人，多少不拘。人多者，宜轮班念，相续不断。或念六字，或念四字，或快或慢，皆须预问病人，随其平日习惯及好乐者念之，病人乃能相随默念。今见助念者皆随己意，不问病人，既已违其平日习惯及好乐，何能相随默念。余愿自今以后，凡任助念者，于此一事切宜留意。

又寻常助念者，皆用引磬小木鱼。以余经验言之，神经衰弱者，病时甚畏引磬及小木鱼声，因其声尖锐，刺激神经，反令心神不宁。若依余意，应免除引磬小木鱼，仅用音声助念，最为妥当。或改为大钟大磬大木鱼，其声宏壮，闻者能起肃敬之念，实胜于引磬小木鱼也。但人之所好，各有不同。此事必须预先向病人详细问明，随其所好而试行之。或有未宜，尽可随时改变，万勿固执。

命终后一日

既已命终，最切要者，不可急忙移动。虽身染便秽，亦勿即为洗涤。必须经过八小时后，乃能浴身更衣。常人皆不注意此事，而最要紧。唯望广劝同人，依此谨慎行之。

命终前后，家人万不可哭。哭有何益，能尽力帮助念佛乃于亡者有实益耳。若必欲哭者，须俟命终八小时后。

顶门温暖之说，虽有所据，然亦不可固执。但能平日信愿真切，临终正念分明者，即可证其往生。

命终之后，念佛已毕，即锁房门。深防他人入内误触亡者。必须经过八小时后，乃能浴身更衣。（前文已言，今再谆嘱，切记切记。）因八小时内若移动者，亡人虽不能言，亦觉痛苦。

八小时后着衣，若手足关节硬，不能转动者，应以热水淋洗。用布搅热水，围于臂肘膝弯。不久即可活动，有如生人。

殓衣宜用旧物，不用新者。其新衣应布施他人，能令亡者获福。

不宜用好棺木，亦不宜做大坟。此等奢侈事，皆不利于亡人。

荐亡等事

七七日内，欲延僧众荐亡，以念佛为主。若诵经拜忏焰口水陆等事，虽有不可思议功德，然现今僧众视为具文，敷衍了事，不能如法，罕有实益。《印光法师文钞》中屡斥诚之，谓其唯属场面，徒作虚套。若专念佛，则人人能念，最为切实，能获莫大之利矣。

如请僧众念佛时，家族亦应随念。但女众宜在自室或布帐之内，免生讥议。

凡念佛等一切功德，皆宜回向普及法界众生，则其功德乃能广大。而亡者所获利益，亦更因之增长。

开吊时宜用素斋，万勿用荤，致杀害生命，大不利于亡人。

出丧仪文，切勿铺张。毋图生者好看，应为亡者惜福也。

七七以后，亦应常行追荐，以尽孝思。莲池大师谓年中常须追荐先亡。不得谓已得解脱，遂不举行耳。

劝请发起临终助念会

此事最为切要。应于城乡各地，多多设立。《饬终津梁》中有详细章程，宜检阅之。

结　语

残年将尽，不久即是腊月三十日，为一年最后。若未将钱财预备稳妥，则债主纷来，如何抵挡。吾人临命终时，乃是一生之腊月三十日，为人生最后。若未将往生资粮预备稳妥，必致手忙脚乱呼爷叫娘，多生恶业一齐现前，如何摆脱。临终虽恃他助念，诸事如法。但自己亦须平日修持，乃可临终自在。奉劝诸仁者，总要及早预备才好。

辑三

格言别录

学问类

001

为善最乐，读书便佳。

002

茅鹿门云："人生在世，多行救济事，则彼之感我，中怀倾倒，浸入肝脾。何幸而得人心如此哉？"

003

诸君到此何为，岂徒学问文章，擅一艺微长，便算读书种子？在我所求亦恕，不过子臣弟友，尽五伦

本分，共成名教中人。（广州香山书院楹联）

004

何谓至行？曰："庸行。"何谓大人？曰："小心。"

005

凛闲居以体独，卜动念以知几，谨威仪以定命，敦大伦以凝道，备百行以考德，迁善改过以作圣。（刘忠介《人谱》六条）

006

观天地生物气象，学圣贤克己功夫。

存养类

001

自家有好处，要掩藏几分，这是涵育以养深。

别人不好处，要掩藏几分，这是浑厚以养大。

002

以虚养心，以德养身，以仁养天下万物，以道养天下万世。

003

一动于欲，欲迷则昏，一任乎气，气偏则戾。

004

刘直斋云："存心养性，须要耐烦耐苦，耐惊耐怕，方得纯熟。"

005

寡欲故静，有主则虚。

006

不为外物所动之谓静，不为外物所实之谓虚。

007

宜静默，宜从容，宜谨严，宜俭约。

人不害物，物不惊扰。
犹如明月，众星围绕。

雀巢可俯而窺

008

敬守此心，则心定，敛抑其气，则气平。

009

青天白日的节义，自暗室屋漏中培来，旋乾转坤的经纶，自临深履薄处得力。

010

谦退是保身第一法，安详是处事第一法，涵容是待人第一法，恬淡是养心第一法。

011

刘念台云："涵养，全得一'缓'字，凡言语、动作皆是。"

012

应事接物，常觉得心中有从容闲暇时，才见涵养。

013

刘念台云："易喜易怒，轻言轻动，只是一种浮气用事，此病根最不小。"

014

吕新吾云："心平气和四字，非有涵养者不能做，功夫只在个定火。"

015

陈榕门云："定火功夫，不外以埋制欲。埋胜，则气自平矣。"

016

自处超然，处人蔼然，无事澄然，有事斩然，得意淡然，失意泰然。

017

气忌盛，心忌满，才忌露。

018

意粗性躁，一事无成，心平气和，千祥骈集。

019

冲繁地，顽钝人，拂逆时，纷杂事，此中最好养火：若决烈愤激，不但无益，而事卒以偾，人卒以怨，我卒以无成，是谓至愚，耐得过时，便有无限受用处。

020

人性褊急则气盛，气盛则心粗，心粗则神昏，乖舛谬戾，可胜言哉？

021

以和气迎人，则乖沴灭，以正气接物，则妖气消，以浩气临事，则疑畏释，以静气养身，则梦寐恬。

022

轻当矫之以重，浮当矫之以实，褊当矫之以宽，躁急当矫之以和缓，刚暴当矫之以温柔，浅露当矫之以沉潜，谿刻当矫之以浑厚。

023

尹和靖云："莫大之祸，皆起于须臾之不能忍，不可不谨。"

024

逆境顺境看襟度，临喜临怒看涵养。

持躬类

001

聪明睿智，守之以愚。道德隆重，守之以谦。

002

富贵，怨之府也；才能，身之灾也；

声名，谤之媒也；欢乐，悲之渐也。

003

只是常有惧心，退一步做，见益而思损，持满而思
溢，则免于祸。

004

人生最不幸处，是偶一失言，而祸不及；偶一失谋，而事幸成；偶一恣行，而获小利。后乃视为故常，而恬不为意。则莫大之患，由此生矣。

005

学一分退让，讨一分便宜。增一分享用，减一分福泽。

006

不自重者取辱，不自畏者招祸。

007

盖世功劳，当不得一个"矜"字；

弥天罪恶，当不及一个"悔"字。

008

大着肚皮容物，立定脚跟做人。

009

事当快意处须转，言到快意时须住。

010

殃咎之来，未有不始于快心者。故君子得意而忧，
逢喜而惧。

011

物忌全胜，

事忌全美，

人忌全盛。

012

尽前行者地步窄，向后看者眼界宽。

013

花繁柳密处拨得开，方见手段。

风狂雨骤时立得定，才是脚跟。

014

人当变故之来，只宜静守，不宜躁动。即使万无解救，而志正守确，虽事不可为，而心终可白。否则必致身败，而名亦不保，非所以处变之道。

015

步步占先者，必有人以挤之；

事事争胜者，必有人以挫之。

016

安莫安于知足，

危莫危于多言。

017

行己恭，责躬厚，接众和，立心正，进道勇。择友
以求益，改过以全身。

018

度量如海涵春育，持身如玉洁冰清，

襟抱如光风霁月，气概如乔岳泰山。

019

心不妄念，身不妄动，口不妄言，君子所以存诚。

内不欺己，外不欺人，上不欺天，君子所以慎独。

020

心志要苦，意趣要乐，

气度要宏，言动要谨。

021

心术以光明笃实为第一，

容貌以正大老成为第一，

言语以简重真切为第一。

022

平生无一事可瞒人，此是大快乐。

023

书有未曾经我读，

事无不可对人言。

024

心思要缜密，不可琐屑。

操守要严明，不可激烈。

025

聪明者戒太察，刚强者戒太暴。

026

以情恕人，以理律己。

干戈兵革斗未止，凤凰麒麟安在哉！
吾徒胡为纵此乐，暴殄天物圣所哀。

儿戏　其一

027

以恕己之心恕人，则全交。

以责人之心责己，则寡过。

028

唐荆川云："须要刻刻检点自家病痛，盖所恶于人许多病痛处，若真知反己，则色色有之也。"

029

以"淡"字交友，以"聋"字止谤，

以"刻"字责己，以"弱"字御侮。

030

居安虑危，处治思乱。

031

事事难上难，举足常虞失坠，

件件想一想，浑身都是过差。

032

怒宜实力消融，过要细心检点。

033

事不可做尽，言不可道尽。

034

胡文定公云："人家最不要事事足意，常有事不足处
方好。才事事足意，便有不好事出来，历试历验。
邵康节诗云：'好花看到半开时。'最为亲切有味。"

035

精细者，无苛察之心。

光明者，无浅露之病。

036

识不足则多虑，威不足则多怒，信不足则多言。

037

足恭伪态，礼之贼也。苛察歧疑，智之贼也。

038

"缓"字可以免悔，"退"字可以免祸。

敦品类

001

敦诗书，尚气节，慎取与，谨威仪，此惜名也。竞标榜，邀权贵，务矫激，习模棱，此市名也。惜名者，静而休。市名者，躁而拙。

002

辱身丧名，莫不由此。

求名适所以坏名，名岂可市哉！

处事类

001

处难处之事愈宜宽，

处难处之人愈宜厚，

处至急之事愈宜缓。

002

必有容，德乃大，必有忍，事乃济。

003

吕新吾云："做天下好事，既度德量力，又审势择人。'专欲难成，众怒难犯'此八字，不独妄动邪为者宜慎，虽以至公无私之心，行正大光明之事，亦须调剂人情，发明事理，俾大家信从，然后动有成，事可久。盖群情多暗于远识，小人不便于私己，群起而坏之，虽有良法，胡成胡久？"

004

强不知以为知，此乃大愚，本无事而生事，是谓薄福。

005

白香山诗云："我有一言君记取，世间自取苦人多。"

006

无事时，戒一"偷"字。有事时，戒一"乱"字。

007

刘念台云："学者遇事不能应，总是此心受病处。只有炼心法，更无炼事法。炼心之法，大要只是胸中无一事而已。无一事，乃能事事，此是主静功夫得力处。"

008

处事大忌急躁，急躁则先自处不暇，何暇治事？

009

论人当节取其长，曲谅其短，做事必先审其害，后计其利。

010

无心者公，无我者明。

接物类

001

严着此心以拒外诱，须如一团烈火，遇物即烧。

宽着此心以待同群，须如一片春阳，无人不暖。

002

凡一事而关人终身，纵确见实闻，不可着口。

凡一语而伤我长厚，虽闲谈戏谑，慎勿形言。

结怨仇，招祸害，伤阴骘，皆由于此。

003

持己当从无过中求有过，非独进德，亦且免患。

待人当于有过中求无过，非但存厚，亦且解怨。

004

遇事只一味镇定从容，虽纷若乱丝，终当就绪。

待人无半毫矫伪欺诈，纵狡如山鬼，亦自献诚。

005

公生明，诚生明，从容生明。公生明者，不蔽于私也；

诚生明者，不杂以伪也；从容生明者，不淆于惑也。

006

穷天下之辩者，不在辩而在讷，

伏天下之勇者，不在勇而在怯。

007

何以息谤？曰："无辩。"

何以止怨？曰："不争。"

008

人之谤我也，与其能辩，不如能容。

人之侮我也，与其能防，不如能化。

009

张梦复云："受得小气，则不至于受大气。吃得小亏，则不至于吃大亏。"又云："凡事最不可想占便宜，便宜者，天下人之所共争也。我一人据之，则怨萃于我矣，我失便宜，则众怨消矣，故终身失便宜，乃终身得便宜也。此余数十年阅历有得之言，其遵守之，毋忽。余生平未尝多受小人之侮，只有一善策，能转弯早耳。"

010

忍与让，足以消无穷之灾悔。古人有言："终身让
路，不失尺寸。"

011

以仁义存心，以忍让接物。

012

林退斋临终，子孙环跪请训，曰："无他言，尔等
只要学吃亏。"

013

任难任之事，要有力而无气。

处难处之人，要有知而无言。

014

穷寇不可追也，

遁辞不可攻也。

015

恩怕先益后损，威怕先松后紧。

先益后损，则恩反为仇，前功尽弃。

先松后紧，则管束不下，反招怨怒。

教训子女，宜在幼时。

先入为主，终身不移。

长养慈心，勿伤物命。

充此一念，可为仁圣。

儿戏　其二

016

善用威者不轻怒，善用恩者不妄施。

017

宽厚者，毋使人有所恃。

精明者，不使人无所容。

018

轻信轻发，听言之大戒也。

愈激愈厉，责善之大戒也。

019

吕新吾云："愧之则小人可使为君子，激之则君子可使为小人。"

020

激之而不怒者，非有大量，必有深机。

021

处事须留余地，责善切戒尽言。

022

曲木恶绳，顽石恶攻。责善之言，不可不慎也。

023

吕新吾云："责善要看其人何如，又当尽长善救失
之道。无指摘其所忌，无尽数其所失，无对人，无
峭直，无长言，无累言。犯此六戒，虽忠告非善道
矣。"又云："论人须带三分浑厚，非直远祸，亦以

留人掩盖之路，触人悔悟之机，养人体面之余，犹天地含蓄之气也。"

024

使人敢怒而不敢言者，便是损阴骘处。

025

凡劝人，不可遽指其过，必须先美其长，盖人喜则言易入，怒则言难入也。善化人者，心诚色温，气和辞婉；容其所不及，而谅其所不能；恕其所不知，而体其所不欲；随事讲说，随时开导。彼乐接引之诚，而喜于所好；感督责之宽，而愧其不材。人非木石，未有不长进者。我若嫉恶如仇，彼亦趋死如鹜，虽欲自新而不可得，哀哉！

026

先哲云："觉人之诈，不形于言；受人之侮，不动于色。此中有无穷意味，亦有无限受用。"

027

喜闻人过，不若喜闻己过，

乐道己善，何如乐道人善。

028

论人之非，当原其心，不可徒泥其迹。

取人之善，当据其迹，不必深究其心。

029

吕新吾云："论人情，只向薄处求；说人心，只从恶边想，此是私而刻底念头，非长厚之道也。"

030

修己以清心为要，

涉世以慎言为先。

031

恶莫大于纵己之欲，

祸莫大于言人之非。

032

施之君子，则丧吾德，施之小人，则杀吾身。（案

此指言人之非者）

033

人褊急，我受之以宽宏。

人险仄，我待之以坦荡。

034

持身不可太皎洁，一切污辱垢秽要茹纳得。

处世不可太分明，一切贤愚好丑要包容得。

035

精明须藏在浑厚里作用。古人得祸，精明人十居其九，未有浑厚而得祸者。

036

德盛者，其心和平，见人皆可取，故口中所许可者多。德薄者，其心刻傲，见人皆可憎，故目中所鄙弃者众。

037

吕新吾云："世人喜言无好人，此孟浪语也。推原其病，皆从不忠不恕所致，自家便是个不好人，更何暇责备他人乎？"

038

律己宜带秋气，处世须带春风。

039

盛喜中勿许人物，盛怒中勿答人书。

040

喜时之言多失信，怒时之言多失体。

041

静坐常思己过，闲谈莫论人非。

042

面谀之词，有识者未必悦心。

背后之议，受憾者常若刻骨。

043

攻人之恶毋太严，要思其堪受。

教人以善毋过高，当使其可从。

044

事有急之不白者，缓之或白明，毋急躁以速其戾。

人有操之不从者，纵之或自化，毋苛刻以益其顽。

蝴蝶儿，约伴近窗飞。

不为瓶中花有蜜，只缘听读护生诗。

欲去又迟迟。

蝴蝶来仪

045

己性不可任，当用逆法制之，其道在一"忍"字。

人性不可拂，当用顺法调之，其道在一"恕"字。

046

临事须替别人想，论人先将自己想。

047

欲论人者先自论，欲知人者先自知。

048

凡为外所胜者，皆内不足。

凡为邪所夺者，皆正不足。

049

今人见人敬慢，辄生喜愠心，皆外重者也。此迷不破，胸中冰炭一生。

050

小人乐闻君子之过，君子耻闻小人之恶。此存心厚薄之分，故人品因之而别。

051

惠不在大，在乎当厄，怨不在多，在乎伤心。

052

毋以小嫌疏至戚，毋以新怨忘旧恩。

053

刘直斋云："好合不如好散，此言极有理。盖合者，始也；散者，终也。至于好散，则善其终矣。凡处一事，交一人，无不皆然。"

惠吉类

001

群居守口，独坐防心。

002

造物所忌，曰刻曰巧，万类相感，以诚以忠。

003

《谦》卦六爻皆吉，"恕"字终身可行。

004

知足常足，终身不辱，知止常止，终身不耻。

悖凶类

盛者衰之始，福者祸之基。

辑四

佩玉编

明薛文清公《读书录》选

弘一法师编定

001

二十年治一"怒"字，尚未消磨的尽。以是知克己最难。

002

余每夜就枕，必思一日所行之事。所行合理，则恬然安寝。或有不合，即辗转不能寐。思有以更其失，又虑始勤终怠也，因笔录自警。

003

深以刻薄为戒，每事当从忠厚。

004

宁人负我，毋我负人。此言当留心。

005

惟宽可以容人，惟厚可以载物。

006

导友善不纳，则当止。宜体此言。

007

不能感人，皆诚之未至。

008

学以静为本。

009

口念书而心他驰，难乎有得矣。

010

余于坐立方向器用安顿之类，稍有不正，即不乐。
必正而后已，非作意为之，亦其性然。

011

一语妄发即有悔，可不慎哉！

012

不力行，只是学人说话。

013

程子作字甚敬。曰："只此是学。"

014

凡取人，当舍其旧而图其新。自贤人以下，皆不能无过。或早年有过，中年能改。或中年有过，晚年能改。当不追其往，而图其新可也。若追究其往日之过，并弃其后来之善，将使人无迁善之门，而世无可用之材也。以是处心，刻亦甚矣。

015

大抵常人之情，责人太详，而自责太略。是所谓以圣人望人，以众人自待也。惑之甚矣！

016

作诗作文写字，疲弊精神，荒耗志气，而无得于己。惟从事于心学，则气完体胖，有休休自得之趣。惟亲历者知其味，殆难以语人也。

017

开卷即有与圣贤不相似处。可不勉乎？

018

欲以虚假之善，盖真实之恶。人其可欺，天其可欺乎？

019

人有负才能而见于辞貌者，其小也可知矣。

020

觉人诈，而不形于言，最有味。

021

戒太察，太察则无含弘之气象。

022

行有不得，皆反求诸己。

023

少陵诗曰："水流心不竞，云在意俱迟。"从容自
在，可以形容有道者之气象。

024

有于一事心或不快，遂于别事处置失宜，此不敬之
过也。

025

往时怒，觉心动。近觉随怒随休，而心不为之动矣。

026

轻当矫之以重，急当矫之以缓。褊当矫之以宽，躁
当矫之以静。暴当矫之以和，粗当矫之以细。察其
偏者而悉矫之，久则气质变矣。

027

陶渊明曰："此亦人子也，可善遇之。"

028

处事大宜心平气和。

029

行七八分，言二三分。

030

处事不可使人知恩。

031

旧习最害事。吾欲进，彼则止吾之进。吾欲新，彼

则泪吾之新。甚可恶，当刮绝之。

若谓青蝇污，挥扇可驱除。
岂必矜残杀，伤生而自娱。

暗杀 其一

032

为学时时处处是做功夫处。虽至卑至陋处，皆当存谨畏之心，而不可忽。且如就枕时，手足不敢妄动，心不敢乱想，这便是睡时做功夫，以至无时无事不然。

033

英气甚害事。浑涵不露圭角最好。

034

第一要有浑厚包涵从容广大之气象。促迫、褊窄、浅率、浮躁，非有德之气象。只观人气象，便知其涵养之浅深。

035

余觉前二十年之功，不如近时切实而有味。

036

寡欲，省多少劳扰。

037

只寡欲，便无事。无事，心便澄然矣。

038

密汝言，和汝气。

039

余少时学诗学字，错用功夫多。早移向此，庶几万一。

040

省察之功，不可一时而或怠。诗曰：夙夜匪懈。其斯之谓欤？！

041

"敬"字、"一"字、"无欲"字，乃学者至要至要。余近日甚觉"敬"与"无欲"之力。

042

观人之法，只观含蓄，则浅深可见。

043

方为一事，即欲人知，浅之尤者。

044

时然后言，惟有德者能之。

045

古人衣冠伟博，皆所以庄其外而肃其内。后人服一切简便短窄之衣，起居动静惟务安适。外无所严，内无所肃。鲜不习而为轻佻浮薄者。

046

守约者，心自定。

047

待人当宽而有节。

048

处己接物，事上使下，皆当以敬为主。

049

圣人言人过处，皆优柔不迫，含蓄不露。此可以观圣人之气象。

050

曾子曰："《诗》云'战战兢兢，如临深渊，如履薄冰。'而今而后，吾知免夫！"

051

必使一言不妄发，则庶几寡过矣。

052

珠藏泽自媚，玉蕴山含辉。此涵养之至要。

053

慎言谨行，是修己第一事。

054

气质极难变，十分用力，犹有变不尽者。然亦不可
以为难变，而遂懈于用力也。

055

小人不可与尽言。

056

导人以善，不可则止。其知几乎！

057

言要缓，行要徐，手要恭，立要端。以至做事有
节，皆不暴其气之事。

058

轻诺则寡信。

059

为学第一在变化气质。不然，只是讲说耳。

060

人誉之，使无可誉之实，不可为之加喜。人毁之，使无可毁之实，不可为之加戚。惟笃于自信而已。

061

轻言则人厌，故谨言为自修之要。

062

识量大，则毁誉欣戚不足以动其中。

063

人不知而不愠，最为难事。今人少被人侮慢，即有不平之意，是诚德之未至也。无深远之虑，乐浅近之事者，恒人也。

064

刘立之谓从明道年久，未尝见其有暴厉之容，宜观明道之气象。

065

圣人教人，只是文行忠信，未尝极论高远。

066

教人言理太高，使人无可依据。

067

人犹知论人之是非，而己之是非则不知也。

068

心无所主，即动静皆失其中。

069

犯而不校，最省事。

070

只可潜修默进，不可求人知。

071

中人以上，可以语上也。中人以下，不可以语上
也。须谨守此训，斯无失言之过。

072

放下一切外物，觉得心闲省事。

073

交人而人不敬信者，只当反求诸己。

074

凡事皆当推功让能与人，不可有一毫自德自能之意。

075

人不能受言者，不可妄与一言。

076

中人以上，可以语上。中人以下，不可与语上。教人者当谨守此言。与人谈论，亦当谨守此言。

077

待人当宏而有节。

078

大抵少能省己之失，惟欲寻人之失。是所谓不攻己之恶，而攻人之恶，大异乎圣人之教矣。

079

人不谋诸己，而强为之谋，彼即不从，是谓失言。日用间此等甚多，人以为细事而不谨，殊不知失言之责，无小大也。谨之！

080

日用间纤毫事，皆当省察谨慎。

081

元城刘忠定力行"不妄语"三字，至于七年而后成。力行之难如此，而亦不可不勉也。

082

句句着落不脱空，方是谨言。

083

温公谓："诚自不妄语始。信哉斯言也。"

084

信口乱谈者，无操存省察之功也。

085

读正书，明正理，亲正人，存正心，行正事，斯无
不正矣。

086

宴安之私，最难克。

087

宴安鸩毒，此言当深省。

誰道群生性命微
一般骨肉一般皮
勸君莫打枝頭鳥
子在巢中望母歸

唐白居易詩

谁道群生性命微，一般骨肉一般皮。
劝君莫打枝头鸟，子在巢中望母归。

暗殺其二

暗杀　其二

088

名节至大，不可妄交非类以坏名节。

089

简默凝重以持己。

090

一言不可妄发，一事不可妄动。

091

日间时时刻刻，紧紧于自己身心上存察用力，不可
一毫懈怠。

092

细思，处事最难。

093

信而后谏，未信则以为谤己也。君臣朋友皆然，可不慎哉！

094

闻外议，只当自修自省。

095

程子曰："省躬克己不可无，亦不可常留在心作悔。盖常留在心作悔，则心体为所累，而不能舒泰也。"

096

潜修不求人知，理当如此。

097

汲汲自修不及，何暇责人。不自修而责人，舍其田而耘人之田也。

098

张子曰："学至于不责人，其学进矣。此言当身体而力行之。愚屡言及此而不厌其烦者，亦欲深省而实践之也。"

099

正己者乃能正人。未有枉己而能正人者也。

100

既往之非不可追，将来之非不可作。此吾之自省也。

101

卫武公、蘧伯玉皆以高年而笃于进修，诚可为后世法。

102

常存不如人之心则有进。

103

卫武公年九十五，犹作懿戒以自警。

104

孔子曰："焉用杀。"《论语》二十篇，无以"杀"字论为政者。圣人之仁心大矣。

105

《论语》一书，未有言人之恶者。熟读之，可见圣贤之气象。

106

人之威仪，须臾不可不严整，盖有物有则也。

107

心每有妄发，即以经书圣贤之言制之。

108

孔子言有恒者难见。验之人，信然。

109

不能动人，惟责己之诚有未至。

110

不怨天，不尤人，理当如是。

111

颜子终日不违如愚。喋喋多言，而能存者寡矣。

112

“恕”字用之不尽。

113

不迁怒功夫甚难。惟尝用力者知之，然亦不可不勉。

114

欲寡其过而未能之意，时时不可忘。此实修己之要也。

辑五

佩玉编

清三韩梁瀛侯《日省录》选

弘一法师编定

001

唐尧戒云："战战栗栗，日谨之一日。人莫踬于山而踬于垤。"

002

武王《书履》云："行必履正，无怀侥幸。"又《书锋》云："忍之须臾，乃全汝躯。"又《衣铭》云："桑蚕苦，女工难，得新绢故后必寒。"

003

金人铭云："古之慎言人也，戒之哉！戒之哉！无多言，多言多败。无多事，多事多患。安乐必戒，无行所悔。勿谓何伤，其祸将长。勿谓何害，其祸将大。勿谓不闻，神将伺人。焰焰不灭，炎炎若何？涓涓不壅，终为江河。绵绵不绝，或成网罗。毫末不札，将寻斧柯诚能慎之，福之根也。口是何伤，祸之门也。强梁者不得其死，好胜者必遇其敌。盗憎主人，民怨其上。君子知天下之不可上也，故下之。知众人之不可先也，故后之。温恭慎德，使人慕之。执雌持下，人莫逾之。人皆趋彼，我独守此。人皆或之，我独不徙。内藏我智，不示人技。我虽尊高，人弗我害。江海虽左，长于百川，以其卑也。天道无亲，而能下人。戒之哉！"

004

勿谓善小而不为，勿谓恶小而为之。

005

人生一日，或闻一善言，见一善行，行一善事，此日方不虚生。

006

有一言而伤天地之和，一事而折终身之福者。切须检点。

007

耳中常闻逆耳之言，心中常有拂心之事，才是进德修业的砥石。若言言悦耳，事事快心，便把此身埋在鸩毒中矣。

008

薛文清曰："心如镜，敬如磨镜。镜才磨，则尘垢去而光彩发。心才敬，则人欲清而天理明。识得破，忍不过。说得硬，守不定。笑前辙，忘后跌。轻千乘，豆羹竞。讳疾忌医，掩耳偷铃。论人甚明，视己甚昧。得时夸能，不遇妒世，此人情之通患也。"

009

无事，便思有闲杂妄想否。有事，便思有粗浮意气否。得意，便思有骄矜辞色否。失意，便思有怨望情怀否。

010

天薄我以福，吾厚吾德以迓之。天劳我以形，吾逸吾心以补之。天阨我以遇，吾亨吾道以通之。天且奈我何哉！

011

变化气质，居常无所见，惟当利害，经变故。遭屈辱，平时愤怒者，到此能不愤怒，忧惶失措者，到此能不忧惶失措。始有得力处，亦便是用力处。

012

英气甚害事，浑涵不露圭角最好。

013

人虽至愚，责人则明。虽有聪明，恕己则昏。常以责人之心责己、恕己之心恕人，不患不到圣贤地位。

014

语人之短不曰直，言人之恶不曰义。

015

人人赋性，岂容一例苟求。事事凭天，未许预先打算。

016

毋以小嫌疏至亲，毋以新怨忘旧恩。

017

马援《诫兄子严、敦书》曰："吾欲汝曹闻人过失，如闻父母之名，耳可得闻，口不可得言也。"

018

林退斋官至尚书，临终，子孙跽请曰："大人何以训子孙？"公曰："若等只要学我吃亏。"

燕子飞来枕上，不复见人畏避。
只缘无恼害心，到处春风和气。

燕子飞来枕上

019

人家最不要事事足意，常有些不足处便好。人家才事事足意，便有不好事出来，亦消长之理然也。

020

君子于人，当于有过中求无过。不可于无过中求有过。

021

忠厚君子，刻薄小人，分途只在一心。

022

水至清则无鱼，人至察则无徒。

023

盛喜中勿许人物，盛怒中勿答人简。

024

御寒莫若重裘，止谤莫若自修。

025

一切顺逆得丧毁誉爱憎，要知宇宙古今圣贤凡民都
有的，不必辄自惊异。

026

莫大之祸，于起须臾之不忍，不可不谨。

027

少陵诗云："忍过事堪喜。"

028

娄师德戒其弟曰："吾甚忧汝与人相竞。"弟曰：
"人唾面，亦自拭之。"师德曰："凡人唾汝，是其
人怒，汝拭之，是逆其心，何不待其自干？"

029

伊川见人论前辈之短曰："汝且取他长处。"

辑六

修省节录

001

人生多艰，不如意事常八九。吾人于此，当镇定精神，勉于苦中寻乐。若处处拘泥，徒劳脑力，无济于事，适自苦耳！吾弟卧病多暇，可取古人修养格言（如《论语》之类）读之，胸中必另有一番境界。

——1915《致刘质平的信》

002

日本留学生向来如是，虽亦有成绩佳良者，然大半为日人作殿军或并殿军之资格而无之，故日人说起留学生，辄作滑稽讪笑之态。不佞居东八年，固习见不鲜矣！君之志气甚佳，将来必可为吾国人吐一口气，但现在宜注意者如下：

（一）宜重卫生，避免中途辍学。（习音乐者，非身体健壮之人不易进步。专运动五指及脑，他处不运动，则易致疾。故每日宜为适当之休息及应有之娱乐、适度之运动。又宜早眠早起，食后宜休息一小时，不可即弹琴。）

（二）宜慎出场演奏，免受人之忌妒。（能不演奏最妥。抱璞而藏，君子之行也。）

（三）宜慎交游，免生无谓之是非。（留学界品类尤杂，最宜谨慎。）

（四）勿躐等急进。（吾人求学须从常规，循序渐进，欲速则不达矣。）

（五）勿心浮气躁。（学稍有得，即深自矜夸，或学而不进，即生厌烦心；或抱悲观，皆不可。必须心气平定，不急进，不间断，日久自有适当之成绩。）

（六）宜信仰宗教，求精神上之安乐。（据余一人之所见，确系如此。未知君以为何如。）

——1916《致刘质平的信》

003

君在东言行谨慎，甚佳。交友不可勉强，宁无友，不可交寻常之友（或不尽然），虽无损于我，亦徒往来酬酢，作无谓之谈话，周旋消费力学之时间耳。门先生忠厚长者，可以为君之友人。此外不再交友，亦无妨碍。始亲终疏，反致怨尤，故不如于始不亲之为佳也。不佞前致君函有应注意者数条，宜常阅之。又格言数则，亦不可忘。不佞无他高见，惟望君按部就班用功，不求近效。进太锐者恐难持久。不可心太高，心高是灰心之根源也。心倘不定，可以习静坐法。入手虽难，然行之有恒，自可入门（君有崇信之宗教，信仰之尤善，佛、伊、耶皆可）。

——1917《致刘质平的信》

004

凡事须求恰好处，

此心常懔自欺时。

事能知足心常惬，

人到无求品自高。

——1931《致刘质平的信》

005

朽人初出家时，常读灵峰诸书，于"不可轻举
妄动，贻羞法门""人之患在好为人师"等语，服
膺不忘。岂料此次到南闽后，遂尔失足，妄踞师位，
自命知律，轻评时弊，专说人非。大言不惭，罔知
自省。去冬大病，实为良药。但病后精力乍盛，又
复妄想冒充善知识。卒以障缘重重，遂即中止。

至鼓浪后，境缘愈困，烦恼愈增。因以种种方
便，努力对治。幸承三宝慈力加被，终获安稳。但

经此风霜磨炼，遂得天良发现，生大惭愧。追念往非，
噬脐无及。决定先将"老法师""法师""大师""律
师"等诸尊号，一概取消。以后誓不敢作冒牌交易。
且退而修德，闭门思过。并拟将《南山三大部》重
标点一次，誓以努力随分研习。倘天假之年，成就
此愿，数载之后，或以一得之愚，卑陬下座，与仁
等共相商榷也。

——1936《致仁开法师的信》

006

君子之交，其淡如水。

执象而求，咫尺千里。

问余何适，廓尔亡言。

华枝春满，天心月圆。

——1942《致夏丏尊的信》

007

故吾人欲诸事顺遂，身心安乐者，须努力培植善因。将来或迟或早，必得良好之果报。古人云，"祸福无不自己求之者"，即是此意也。

——《戊寅十月八日在晋江安海金墩宗祠讲》

008

以一般人之苦乐为苦乐，抱热心救世之弘愿，不惟非消极，乃是积极中之积极者。

——《戊寅十月六日在晋江安海金墩宗祠讲》

009

以无我之精神，努力切实作种种之事业。亦犹世间行事，先将不良之习惯等一一推翻，然后良好建设乃得实现也。

——《戊寅六月十九日在漳州七宝寺讲》

010

我们要避凶得吉，消灾得福，必须要厚植善因，努力改过迁善，将来才能够获得吉祥福德之好果。

——《己卯四月十六日在永春桃源殿讲》

011

所以泰山之高，非一石所能积。琅琊之东，渤澥稽天，非一水之钟。格物之理，微奥纷繁，非片端之能尽，此则人之欲致，夫知者所不可不辨也。

——《致知在格物论》

012

从来主静之学，大人以之治躬，学者以之成学，要惟恃此心而已。《言行录》云："周茂叔志趣高远，博学力行，而学以主静为主。"……盖静者，安也。

如"莫不静好""静言思之"之类。是静如水之止，而停蓄弥深；静如玉之藏，而温润自敛。《嘉言篇》云："非静无以成学。"其即此欤？成学者何？盖以气躁则学不精，气浮则学不利……能静则学可成矣。不然，游移而无真见，泛骛而多驰思，则虽朝诵读而夕讴吟，主宰必不克一也。又安望其成哉？

——《非静无以成学论》

013

说人生是苦的，是不够的，为什么呢？因为人生也有很多快乐事情，听到不悦耳的声音固然讨厌，可是听了美妙的音调，不就欢喜了吗？身体有病，家境困苦，亲人别离，当言是痛苦的；然而，身体健康，经济富裕，合家团圆，不是很快乐吗？无论什么事，苦乐都是相对的，假如遇到不如意的事，就说人生是苦，岂非偏见了。

——《对佛教的误解》

生离尝恻恻，临行复回首。
此去不再还，念儿儿知否。

生离欤？死别欤？

014

不只在困苦时知道努力向上，而且在享乐时也随时留心，因为快乐不会永久可靠，不好好向善努力，很快会堕落失败。

——《对佛教的误解》

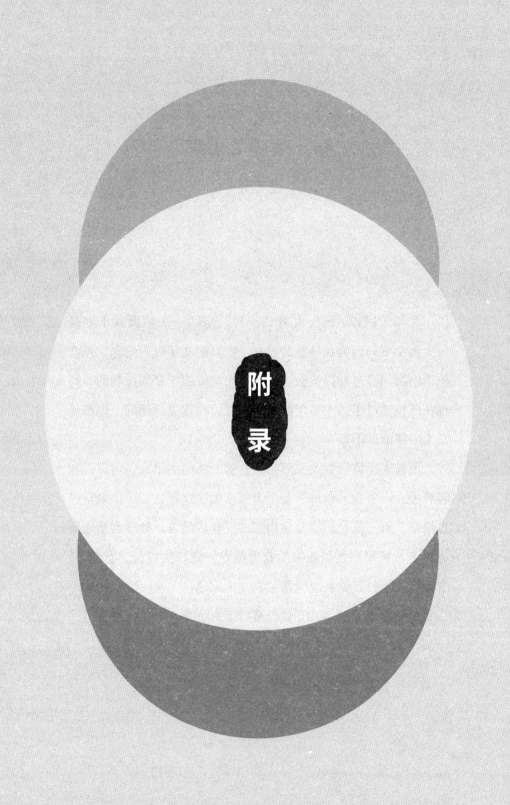

附录

弘一法师之出家

夏丏尊

今年（1939）旧历九月二十日，是弘一法师满六十岁诞辰。佛学书局因为我是他的老友，嘱写些文字以为纪念，我就把他出家的经过加以追叙。他是三十九岁那年夏间披剃的，到现在已整整过了二十一年的僧侣生涯。我这里所述的，也都是二十一年前的旧事。

说起来也许会教大家不相信，弘一法师的出家，可以说和我有关，没有我，也许不至于出家。关于这层，弘一法师自己也承认。有一次，记得是他出家二三年后的事，他要到新城掩关去了，杭州知友们在银洞巷虎跑寺下院替他饯行，有白衣，有僧人。斋后，他在座间指了我向大家道：

"我的出家，大半由于这位夏居士的助缘，此恩永不能忘！"

我听了不禁面红耳赤，惭悚无以自容。因为（一）我当时自己尚无信仰，以为出家是不幸的事情，至少是受苦的事情，弘一法师出家以后即修种种苦行，我见了常不忍。（二）他因我之助缘而出家修行去了，我却竖不起肩膀，仍浮沉在醉生梦死的凡俗之中，所以深深地感到对于他的责任，很是难过。

我和弘一法师相识，是在杭州浙江两级师范学校任教的时候。这个学校有一个特别的地方，不轻易更换教职员。我前后担任了十三年，他担任了七年。在这七年中我们晨夕一堂，相处得很好。他比我长六岁，当时我们已是三十左右的人了，少年名士气息，忏除将尽。想在教育上做些实际功夫，我担任舍监职务，兼教修身课，时时感觉对于学生感化力不足。他教的是图画音乐二科，这两种科目，在他未来以前是学生所忽视的。自他任教以后，就忽然被重视起来，几乎把全校学生的注意力都牵引过去了。课余但闻琴声歌声，假日常见学生出外写生。这原因一半当然是他对于这二科实力充足，一半也由于他的感化力大。只要提起他的名字，全校师生以及工役没有人不起敬的。他的力量，全由诚敬中发出，我只好佩服他，不能学他。举一个实例来说，有一次寄宿舍里学生失少了财物了，大家猜测是某一个学生偷的，检查起来，却没有得到证据。我身为舍监，深觉惭愧苦闷，向他求教。他所指教我的方法，说也怕人，教我自杀！说：

"你肯自杀吗？你若出一张布告，说作贼者速来自首，如三日内无自首者，足见舍监诚信未孚，誓一死以殉教育。果能这样，一定可以感动人，一定会有人来自首——这话须说得诚实，三日后如没有人自首，真非自杀不可。否则便无效力。"

这话在一般人看来是过分之辞，他说来的时候，却是真心的流露，并无虚伪之意，我自愧不能照行，向他笑谢，他当然也不责备我。我们那时颇有些道学气，俨然以教育者自任，一方面又痛感到自己力量不够。可是所想努力的，还是儒家式的修养，至于宗教方面简直毫不关心的。

有一次，我从一本日本的杂志上见到一篇关于断食的文章，说断食是身心"更新"的修养方法，自古宗教上的伟人，如释迦，如耶稣，都曾断过食。断食能使人除旧换新，改去恶德，生出伟大的精神力量。并且还列举实行的方法及应注意的事项，又介绍了一本专讲断食的参考书。我对于这篇文章很有兴味，便和他谈及，他就好奇地向我要了杂志去看。以后我们也常谈到这事，彼此都有"有机会时最好断食来试试"的话，可是并没有作过具体的决定。至少在我自己是说过就算了。约莫经过了一年，他竟独自去实行断食了，这是他出家前一年阳历年假的事。他有家眷在上海，平日每月回上海二次，年假暑假当然都回上海的。阳历年假只十天，放假以后我也就回家去了，总以为他仍照例回到上海了的。假满返校，不见到他，过了两星期他才回来。据说假期中没有回上海，在虎跑寺断食。我问他"为什么不告诉我？"他笑说："你是能说不能行的，并且这事预先教别人知道也不好，旁人大惊小怪起来，容易发生波折。"

他的断食共三星期。第一星期逐渐减食至尽，第二星期除水以外完全不食，第三星期起，由粥汤逐渐增加至常量。据说经过很顺利，不但并无痛苦，而且身心反觉轻快，有飘飘欲仙之相。他平日是每日早晨写字的，在断食期间，仍以写字为常课，三星期所写的字，有魏碑，有篆文，有隶书，笔力比平日并不减弱。他说断食时，心比平时灵敏，颇有文思，恐出毛病，终于不敢作文。他断食以后，食量大增，且能吃整块的肉。（平日虽不茹素，不多食肥腻肉类。）自己觉得脱胎换骨过了，用老子"能婴儿乎"之意，改名李婴，依然教课，依然替人写字，并没有什么和前不同的情形。据我知道，这时他只看些宋元人的理学书和道家的书类，佛学尚未谈到。

转瞬阴历年假到了，大家又离校。哪知他不回上海，又到虎跑寺去了。因为他在那里经过三星期，喜其地方清净，所以又到那里去过年。他的皈依三宝，可以说是由这时候开始的。据说，他自虎跑寺断食回来，曾去访过马一浮先生，说虎跑寺如何清静，僧人招待如何殷勤。阴历新年，马先生有一个朋友彭先生，求马先生介绍一个幽静的寓处，马先生忆起弘一法师前几天曾提起虎跑寺，就把这位彭先生陪送到虎跑寺去住。恰好弘一法师正在那里，经马先生之介绍，就认识了这位彭先生。同住了不多几天，到了正月初八日，彭先生忽然发心出家了，由虎跑寺当家为他剃度。弘一法师目击当时的一切，大大感动。可是还不就想出家，仅皈依三宝，拜老和尚了悟法师为皈依师。演音的名，弘一的号，就是那时取定的。假期满后，仍回到学校里来。

　　从此以后，他茹素了，有念珠了，看佛经，室中供佛像了。宋元理学书偶然仍看，道家书似已疏远。他对我说明一切经过及未来志愿，说出家有种种难处，以后打算暂以居士资格修行，在虎跑寺寄住，暑假后不再担任教师职务。我当时非常难堪，平素所敬爱的这样的好友，将弃我遁入空门去了，不胜寂寞之感。在这七年之中，他想离开杭州一师，有三四次之多。有时是因对于学校当局有不快，有时是因为别处有人来请他。他几次要走，都是经我苦劝而作罢的。甚至于有一个时期，南京高师苦苦求他任课，他已接受聘书了，因我恳留他，他不忍拂我之意，于是杭州南京两处跑，一个月中要坐夜车奔波好几次。他的爱我，可谓已超出寻常友谊之外，眼看这样的好友，因信仰而变化，要离我而去，而信仰上的事，不比寻常名利关系可以迁就。料想这次恐已无法留得他住，深悔从前不该留他。他若早离开杭州，也许不会遇到这样复杂的因缘的。暑假渐近，我的苦闷也愈加甚，他虽常用佛法好言安慰我，我总熬不住苦闷。有一次，我对他说过这样的一番狂言：

"这样做居士究竟不彻底。索性做了和尚，倒爽快！"

我这话原是愤激之谈，因为心里难过得熬不住了，不觉脱口而出。说出以后，自己也就后悔。他却仍是笑颜对我，毫不介意。

暑假到了。他把一切书籍字画衣服等，分赠朋友学生及校工们，我所得的是他历年所写的字，他所有的折扇及金表等。自己带到虎跑寺去的，只是些布衣及几件日常用品。我送他出校门，他不许再送了，约期后会，黯然而别。暑假后，我就想去看他，忽然我父亲病了，到半个月以后才到虎跑寺去。相见时我吃了一惊，他已剃去短须，头皮光光，着起海青，赫然是个和尚了！（他）笑说：

"昨天受剃度的。日子很好，恰巧是大势至菩萨生日。"

"不是说暂时做居士，在这里住住修行，不出家的吗？"我问。

"这也是你的意思，你说索性做了和尚……"

我无话可说，心中真是感慨万分，他问过我父亲的病况，留我小坐，说要写一幅字，叫我带回去作他出家的纪念。回进房去写字，半小时后才出来，写的是楞严大势至念佛圆通章，且加跋语，详记当时因缘，末有"愿他年同生安养共圆种智"的话。临别时我和他约，尽力护法，吃素一年，他含笑点头，念一句"阿弥陀佛"。

自从他出家以后，我已不敢再毁谤佛法，可是对于佛法见闻不多，对于他的出家，最初总由俗人的见地，感到一种责任。以为如果我不苦留他在杭州，如果不提出断食的话头，也许不会有虎跑寺马先生、彭先生等因缘，他不会出家。如果最后我不因惜别而发狂言，他即使要出家，也许不会那么快速。我一向为这责任之感所苦，尤其在见到他作苦修行或听到他有疾病的时候。近几年以来，我因他的督励，也常亲近佛典，略识因缘之不可思议，知道像他那样的人，是于过去无量数劫种了善根的。他的出家，他的弘法度生，都是夙愿使然，而且都是稀有的福德，正应代他欢喜，代众生欢喜，觉得以前的对他不安，对他负责任，不但是自寻烦恼，而且是一种僭妄了。

怀李叔同先生

丰子恺

距今二十九年前，我十七岁的时候，最初在杭州的浙江省立第一师范学校里见到李叔同先生，即后来的弘一法师。那时我是预科生，他是我们的音乐教师。我们上他的音乐课时，有一种特殊的感觉：严肃。摇过预备铃，我们走向音乐教室，推进门去，先吃一惊：李先生早已端坐在讲台上。以为先生总要迟到而嘴里随便唱着、喊着、或笑着、骂着而推进门去的同学，吃惊更是不小。他们的唱声、喊声、笑声、骂声以门槛为界限而忽然消灭。接着是低着头，红着脸，去端坐在自己的位子里。端坐在自己的位子里偷偷地仰起头来看看，看见李先生的高高的瘦削的上半身穿着整洁的黑布马褂，露出在讲桌上，宽广得可以走马的前额，细长的凤眼，隆正的鼻梁，形成威严的表情。扁平而阔的嘴唇两端常有深窝，显示和蔼的表情。这副相貌，用"温而厉"三个字来描写，大概差不多了。讲桌上放着点名簿、讲义，以及他的教课笔记簿、粉笔。钢琴衣解开着，琴盖开着，谱表摆着，琴头上又放着一只时表，闪闪的金光直射到我们的眼中。黑板（是上下两块可以推动的）上早已清楚地写好本课内所应写的东西（两块都写好，上块盖着下块，用下块时把上块推开）。在这样布置的讲台上，李先生端坐着。坐到上课铃响出（后来我们知道他这脾气，上音乐课必早到。故上课铃响时，同学早已到齐），他站起身来，深深地一鞠躬，课就开始了。这样地上课，空气严肃得很。

有一个人上音乐课时不唱歌而看别的书，有一个人上音乐时吐痰在地板上，以为李先生不看见的，其实他都知道。但他不立刻责备，等到下课后，他用很轻而严肃的声音郑重地说："某某等一等出去。"于是这位某某同学只得站着。等到别的同学都出去了，他又用轻而严肃的声音向这某某同学和气地说："下次上课时不要看别的书。"或者："下次痰不要吐在地板上。"说过之后他微微一鞠躬，表示你出去罢。出来的人大都脸上发红。又有一次下音乐课，最后出去的人无心把门一拉，碰得太重，发出很大的声音。他走了数十步之后，李先生走出门来，满面和气地叫他转来。等他到了，李先生又叫他进教室来。进了教室，李先生用很轻而严肃的声音向他和气地说："下次走出教室，轻轻地关门。"就对他一鞠躬，送他出门，自己轻轻地把门关了。最不易忘却的，是有一次上弹琴课的时候。我们是师范生，每人都要学弹琴，全校有五六十架风琴及两架钢琴。风琴每室两架，给学生练习用；钢琴一架放在唱歌教室里，一架放在弹琴教室里。上弹琴课时，十数人为一组，环立在琴旁，看李先生范奏。有一次正在范奏的时候，有一个同学放一个屁，没有声音，却是很臭。钢琴及李先生十数同学全部沉浸在亚莫尼亚气体中。同学大都掩鼻或发出讨厌的声音。李先生眉头一皱，管自弹琴（我想他一定屏息着）。弹到后来，亚莫尼亚气散光了，他的眉头方才舒展。教完以后，下课铃响了。李先生立起来一鞠躬，表示散课。散课以后，同学还未出门，李先生又郑重地宣告："大家等一等去，还有一句话。"大家又肃立了。李先生又用很轻而严肃的声音和气地说："以后放屁，到门外去，不要放在室内。"接着又一鞠躬，表示叫我们出去。同学都忍着笑，一出门来，大家快跑，跑到远处去大笑一顿。

李先生用这样的态度来教我们音乐，因此我们上音乐课时，觉得比上其他一切课更严肃。同时对于音乐教师李叔同先生，比对其他教师更敬仰。那时的学校，首重的是所谓"英、国、算"，即英文、国文和算学。在别的学校里，这三门功课的教师最有权威；而在我们这师范学校里，音乐教师最有权威，因为他是李叔同先生的原故。

李叔同先生为甚么能有这种权威呢？不仅为了他学问好，不仅为了他音乐好，主要的还是为了他态度认真。李先生一生的最大特点是"认真"。他对于一件事，不做则已，要做就非做得彻底不可。

他出身于富裕之家，他的父亲是天津有名的银行家。他是第五位姨太太所生。他父亲生他时，年已七十二岁。他坠地后就遭父丧，又逢家庭之变，青年时就陪了他的生母南迁上海。在上海南洋公学读书奉母时，他是一个翩翩公子。当时上海文坛有著名的沪学会，李先生应沪学会征文，名字屡列第一。从此他就为沪上名人所器重，而交游日广，终以"才子"驰名于当时的上海。后来他母亲死了，他赴日本留学的时候，作一首《金缕曲》，词曰："披发佯狂走。莽中原，暮鸦啼彻，几株衰柳。破碎河山谁收拾？零落西风依旧。便惹得离人消瘦。行矣临流重太息，说相思刻骨双红豆。愁黯黯，浓于酒。漾情不断道旁楊柳枝，青青不可攀。
回看攀折處，傷痕如淚潸。
古人愛生物，仁德至今傳。
草木未搖落，斧斤不入山

嬰行補題

道旁杨柳枝，青青不可攀。
回看攀折处，伤痕如泪潸。
古人爱生物，仁德至今传。
草木未摇落，斧斤不入山。

方長不折

淞波溜。恨年年絮飘萍泊，遮难回首。二十文章惊海内，毕竟空谈何有！听匣底苍龙狂吼。长夜西风眠不得，度群生那惜心肝剖。是祖国，忍孤负？"读这首词，可想见他当时豪气满胸，爱国热情炽盛。他出家时把过去的照片统统送我，我曾在照片中看见过当时在上海的他：丝绒碗帽，正中缀一方白玉，曲襟背心，花缎袍子，后面挂着胖辫子，底下缀带扎脚管，双梁厚底鞋子，头抬得很高，英俊之气，流露于眉目间。真是当时上海一等的翩翩公子。这是最初表示他的特性：凡事认真。他立意要做翩翩公子，就彻底地做一个翩翩公子。

后来他到日本，看见明治维新的文化，就渴慕西洋文明。他立刻放弃了翩翩公子的态度，改做一个留学生。他入东京美术学校，同时又入音乐学校。这些学校都是模仿西洋的，所教的都是西洋画和西洋音乐。李先生在南洋公学时英文学得很好；到了日本，就买了许多西洋文学书。他出家时曾送我一部残缺的原本《莎士比亚全集》，他对我说："这书我从前细读过，有许多笔记在上面，虽然不全，也是纪念物。"由此可想见他在日本时，对于西洋艺术全面进攻，绘画、音乐、文学、戏剧都研究。后来他在日本创办春柳剧社，纠集留学同志，并演当时西洋著名的悲剧《茶花女》（小仲马著）。他自己把腰束小，扮作茶花女，粉墨登场。这照片，他出家时也送给我，一向归我保藏；直到抗战时为兵火所毁。现在我还记得这照片：卷发，白的上衣，白的长裙拖着地面，腰身小到一把，两手举起托着后头，头向右歪侧，眉峰紧蹙，眼波斜睇，正是茶花女自伤命薄的神情。另外还有许多演剧的照片，不可胜记。这春柳剧社后来迁回中国，李先生就脱出，由另一班人去办，便是中国最初的话剧社。由此可以想见，李先生在日本时，是彻头彻尾的一个留学生。我见过他当时的照片：高帽子、硬领、硬袖、燕尾服、史的克、尖头皮鞋，加之长身、高鼻，没有脚的眼镜夹在鼻梁上，竟活像一个西洋人。这是第二次表示他的特性：凡事认真。学一样，像一样。要做留学生，就彻底地做一个留学生。

他回国后，在上海太平洋报社当编辑。不久，就被南京高等师范请去教图画、音乐。后来又应杭州师范之聘，同时兼任两个学校的课，每月中半个月住南京，半个月住杭州。两校都请助教，他不在时由助教代课。我就是杭州师范的学生。

这时候，李先生已由留学生变为教师。这一变，变得真彻底：漂亮的洋装不穿了，却换上灰色粗布袍子、黑布马褂、布底鞋子。金丝边眼镜也换了黑的钢丝边眼镜。他是一个修养很深的美术家，所以对于仪表很讲究。虽然布衣，却很称身，常常整洁。他穿布衣，全无穷相，而另具一种朴素的美。你可想见，他是扮过茶花女的，身材生得非常窈窕。穿了布衣，仍是一个美男子。"淡妆浓抹总相宜"，这诗句原是描写西子的，但拿来形容我们李先生的仪表，也很适用。今人侈谈"生活艺术化"，大都好奇立异，非艺术的。李先生的服装，才真可称为生活的艺术化。他一时代的服装，表现出一时代的思想与生活。各时代的思想与生活判然不同，各时代的服装也判然不同。布衣布鞋的李先生，与洋装时代的李先生、曲襟背心时代的李先生，判若三人。这是第三次表示他的特性：认真。

　　我二年级时，图画归李先生教。他教我们木炭石膏模型写生。同学一向习惯临画，起初无从着手。四十余人中，竟没有一个人描得像样的。后来他范画给我们看。画毕把范画挂在黑板上。同学们大都看着黑板临摹。只有我和少数同学，依他的方法从石膏模型写生。我对于写生，从这时候开始发生兴味。我到此时，恍然大悟：那些粉本原是别人看了实物而写生出来的。我们也应该直接从实物写生入手，何必临摹他人，依样画葫芦呢？于是我的画进步起来。此后李先生与我接近的机会更多。因为我常去请他教画，又教日本文，以后李先生的生活，我所知道的较为详细。他本来常读性理的书，后来忽然信了道教，案头常常放着道藏。那时我还是一个毛头青年，谈不到宗教。李先生除绘画的事宜外，并不对我谈道。但我发现他的生活日渐收敛起来，仿佛一个人就要动身赴远方时的模样。他常把自己不用的东西送给我。他的朋友日本画家大野隆德、河合新藏、三宅克己等到西湖来写生时，他带我去请他们吃了一次饭，以后就把这些日本人交给我，叫我引导他们（我当时已能讲普通应酬的日本话）。他自己就关起房门来研究道学。有一天，他决定入大慈山去断食，我有课事，不能陪去，由校工闻玉陪去。数日之后，我去望他。见他躺在床上，面容消瘦，但精神很好，对我讲话，同平时差不多。他断食共十七日，由闻玉扶起来，摄一个影，影片上端由闻玉题字："李息翁先生断食后之像，侍子闻玉题。"这照片后来制成明信片分送朋友。像的下面用铅字排印着："某年月日，入大慈山断食十七日，身心灵化，欢乐康强——欣欣道人记。"李先生这时候已由教师一变而为道人了。

学道就断食十七日，也是他凡事"认真"的表示。

但他学道的时间很短。断食以后，不久他就学佛。他自己对我说，他学佛是受马一浮先生指示的。出家前数日，他同我到西湖玉泉去看一位程中和先生。这程先生原来是当军人的，现在退伍，住在玉泉，正想出家为僧。李先生同他谈得很久。此后不久，我陪大野隆德到玉泉去投宿，看见一个和尚坐着，正是这位程先生。我想称他"程先生"，觉得不合。想称他法师，又不知道他的法名（后来知道是弘伞）。一时周章得很。我回去对李先生讲了，李先生告诉我，他不久也要出家为僧，就做弘伞的师弟。我愕然不知所对。过了几天，他果然辞职，要去出家。出家的前晚，他叫我和同学叶天瑞、李增庸三人到他的房间里，把房间里所有的东西送给我们三人。

第二天，我们三人送他到虎跑。我们回来分得了他的"遗产"，再去望他时，他已光着头皮，穿着僧衣，俨然一位清癯的法师了。我从此改口，称他为"法师"。法师的僧腊二十四年。这二十四年中，我颠沛流离，他一贯到底，而且修行功夫愈进愈深。当初修净土宗，后来又修律宗。律宗是讲究戒律的，一举一动，都有规律，严肃认真之极。这是佛门中最难修的一宗。数百年来，传统断绝，直到弘一法师方才复兴，所以佛门中称他为"重兴南山律宗第十一代祖师"。他的生活非常认真。举一例说：有一次我寄一卷宣纸去，请弘一法师写佛号。宣纸多了些，他就来信问我，余多的宣纸如何处置？

又有一次，我寄回件邮票去，多了几分。他把多的几分寄还我。以后我寄纸或邮票，就预先声明：余多的送与法师。有一次他到我家。我请他藤椅子里坐。他把藤椅子轻轻摇动，然后慢慢地坐下去。起先我不敢问。后来看他每次都如此，我就启问。法师回答我说："这椅子里头，两根藤之间，也许有小虫伏着。突然坐下去，要把它们压死，所以先摇动一下，慢慢地坐下去，好让它们走避。"读者听到这话，也许要笑。但这正是做人极度认真的表示。

如上所述，弘一法师由翩翩公子一变而为留学生，又变而为教师，三变而为道人，四变而为和尚。每做一种人，都做得十分像样。好比全能的优伶：起青衣像个青衣，起老生像个老生，起大面又像个大面……都是"认真"的原故。

现在弘一法师在福建泉州圆寂了。噩耗传到贵州遵义的时候，我正在束装，将迁居重庆。我发愿到重庆后替法师画像一百帧，分送各地信善，刻石供养。现在画像已经如愿了。

我和李先生在世间的师徒尘缘已经结束，然而他的遗训——认真——永远铭刻在我心头。

以出世的精神，做入世的事业

——纪念弘一法师

朱光潜

弘一法师是我国当代我最景仰的一位高士。1932年，我在浙江上虞白马湖春晖中学当教员时，有一次弘一法师曾到白马湖访问在春晖中学里的一些他的好友，如经子渊、夏丏尊和丰子恺。我是丰子恺的好友，因而和弘一法师有一面之缘。他的清风亮节使我一见倾心，但不敢向他说一句话。他的佛法和文艺方面的造诣，我大半从子恺那里知道的。子恺转送给我不少的弘一法师练字的墨迹，其中有一幅是《大方广佛华严经》中的一段偈文，后来我任教北京大学时，萧斋斗室里悬挂的就是法师书写的这段偈文，一方面表示我对法师的景仰，同时也作为我的座右铭。时过境迁，这些纪念品都荡然无存了。

我在北平大学任教时，校长是李麟玉，常有往来，我才知道弘一法师在家时名叫李叔同，就是李校长的叔父。李氏本是河北望族，祖辈曾在清朝做过大官。从此我才知道弘一法师原是名门子弟，结合到我见过的弘一法师在日本留学时代的一些化装演剧的照片和听到过的乐曲和歌唱的录音，都有年少翩翩的风度，我才想到弘一法师少年时有一度是红尘中人，后来出家是看破红尘的。

　　弘一法师是1942年在福建逝世的，一位泉州朋友曾来信告诉我，弘一法师逝世时神智很清楚，提笔在片纸上写"悲欣交集"四个字便转入涅槃了。我因此想到红尘中人看破红尘而达到"悲欣交集"即功德圆满，是弘一法师生平的三部曲。我也因此看到弘一法师虽是看破红尘，却绝对不是悲观厌世。

　　我自己在少年时代曾提出"以出世精神做入世事业"作为自己的人生理想，这个理想的形成当然不止一个原因，弘一法师替我写的《华严经》对我也是一种启发。佛终生说法，都是为救济众生，他正是以出世精神做入世事业的。入世事业在分工制下可以有多种，弘一法师从文化思想这个根本上着眼。他持律那样谨严，一生清风亮节会永远严顽立懦，为民族精神文化树立了丰碑。

中日两国在文化史上是分不开的，弘一法师曾在日本度过他的文艺见习时期，受日本文艺传统的影响很深，他原来又具有中国传统文化的陶冶。我默祝趁这次展览的机会，日本朋友们能回溯一下日本文化传统对弘一法师的影响，和我们一起来使中日交流日益发扬光大。

李叔同先生

曹聚仁

"五四"前后中年人的寂寞、苦闷，在我们年轻的人是不大了解的。"五四"狂潮中，记得有一天晚上，沈仲九先生亲切地告诉我们："弘一法师（李叔同先生法名）若是到了现在，也不会出家了。"可是李叔同先生的出家，我们只当作一种谈助，他心底的谜，我们是猜不透的。

在我们教师中，李叔同先生最不会使我们忘记。他从来没有怒容，总是轻轻地像母亲一般吩咐我们。我曾经早晨三点钟起床练习弹琴，因为一节进行曲不曾弹熟，他就这样旋转着我们的意向。同学中也有愿意跟他到天边的，也有立志以艺术作终身事业的，他给每个人以深刻的影响。伺候他的茶房，先意承志，如奉慈亲。想明道先生"绿满窗前草不除"的融和境界，大抵若此。

"我们的李先生"（同学间的称呼），能绘画，能弹琴作曲，字也写得很好，旧体诗词造诣极深，在东京时曾在春柳社演过《茶花女》：这样艺术全才，人总以为是个风流蕴藉的人。谁知他性情孤僻，律己极严，在外和朋友交际的事，从来没有，狷介得和白鹤一样。他来杭州第一师范担任艺术教师，已是中年了，长斋礼佛，焚香诵经，已经过居士的生活。民国六年（1917），他忽然到西湖某寺去静修，绝食十四天，神色依然温润。其明年四月，他乃削发入山，与俗世远隔了。我们偶尔在玉泉寺遇到他，合十以外，亦无他语。有时走过西泠印社，看见崖上的"印藏"，指以相告，曰："这是我们李先生的。"那时彼此虽觉得失了敬爱的导师的寂寞，可也没有别的人生感触。后来"五四"大潮流来了，大家欢呼于狂涛之上。李先生的影子渐渐地淡了，远了。

近来忽然从镜子里照见我自己的灵魂，"五四"的狂热日淡，厌世之念日深，不禁重复唤起李先生的影子来了。友人缘缘堂主和弘一法师过从最密，他差不多走完了李先生那一段路程，将以削发为其终结了。我乃重新来省察李先生当时的心境。李先生之于人，不以辩解，微笑之中，每蕴至理；我乃求之于其灵魂所寄托的歌曲。在我们熟练的歌曲中，《落花》《月》《晚钟》三歌正代表他心灵的三个境界。《落花》代表第一境界：

纷纷，纷纷，纷纷，纷纷；纷纷，纷纷，纷纷，纷纷。惟落花委地无言兮，化作泥尘。

寂寂，寂寂，寂寂，寂寂；寂寂，寂寂，寂寂，寂寂。何春光长逝不归兮，永绝消息。

忆东风之日暄，芳菲菲以争妍。既垂荣以发秀，倏节易而时迁。春残！

览落红之辞枝兮，伤花事其阑珊。已矣！

春秋其代序以递嬗兮，俯念迟暮。荣枯不须史，盛衰有常数。

人生之浮年若朝露兮，泉壤兴衰。朱华易消歇，青春不再来。

这是他中年后对生命无常的感触，那时期他是非常苦闷的，艺术虽是心灵寄托的深谷，而他还觉得没有着落似的。不久他静悟到另一境界，那便是《月》所代表的境界：

仰碧空明明，朗月悬太情；

瞰下界扰扰，尘欲迷中道！

惟愿灵光普万方，荡涤垢滓扬芬芳。

虚渺无极，圣洁神秘，灵光常仰望！

惟愿灵光普万方，荡涤垢滓扬芬芳。

虚渺无极，圣洁神秘，灵光常仰望！

　　他既作此超现实的想望，把心灵寄托于彼岸。顺理成章，必然地走到《晚钟》的境界：

　　大地沉沉落日眠，平墟漠漠晚烟残。幽鸟不鸣暮色起，万籁俱寂丛林寒。浩荡飘风起天杪，摇曳钟声出尘表。绵绵灵响彻心弦，眇眇幽思凝冥杳。众生病苦谁扶持？尘网颠倒泥途污。惟神悯恤敷大德，拯吾罪过成正觉。誓心稽首永皈依，瞑瞑入定陈虔祈。倏忽光明烛太虚，云端仿佛天门破。庄严七宝迷氤氲，瑶华翠羽垂缤纷。浴灵光兮朝圣真，拜手承神恩！仰天衢兮瞻慈云，忽现忽若隐。钟声沉暮天，神恩永存在。神之恩，大无外。

弘一法师出家后，刻苦修行，治梵典勤且笃，和太虚法师那些吹法螺的上人又不相同。他在和尚队中，该是十分孤独寂寞的吧！

　　相传弘一法师近来衰病日侵，他对于生命的究竟当有了更深切的了悟，惟这涅槃境方是真解脱，我们祝福他！